COLLECTION FOLIO

Erri De Luca

Acide, Arc-en-ciel

Traduit de l'italien
par Danièle Valin

Gallimard

Titre original :

ACETO, ARCOBALENO

Erri De Luca est né à Naples en 1950 et vit aujourd'hui près de Rome. Venu à la littérature « par accident » avec *Pas ici, pas maintenant*, son premier roman mûri à la fin des années quatre-vingt, il est depuis considéré comme un des écrivains les plus importants de sa génération, et ses livres sont traduits dans de nombreux pays. En 2002, il a reçu le prix Femina étranger pour *Montedidio*.

Mon âge, ma bête fauve, qui pourra
te regarder au fond des yeux
et souder de son sang
les vertèbres de deux siècles ?

OSSIP MANDELSTAM

C’est la foudrc qui a dû me réveiller. Une mèche de lumièrc s’est glissée derrière mes paupières fermées, a excité mes nerfs et les a tous parcourus comme un circuit électrique. Je force mes yeux éblouis, je vois ma chambre sous une douleur nouvelle. Des éclairs de chaleur tombent sans pluie, on perçoit une odeur d’air brûlé.

J’ignore depuis combien de temps je suis immobile, mais je ne peux plus bouger. J’ai cessé de manger. Après les premières nuits blanches, j’ai sombré dans le sommeil pesant de la faim. C’est la foudre qui a dû enfoncer la porte. De brusques rafales de vent s’emparent de mon fauteuil à bascule par-derrière, me faisant osciller, à demi bercé, à demi ballotté. Je ne fais pas le poids contre l’inertie, mon corps vidé n’offre pas de résistance. J’ai cessé de manger, j’ai décidé de le faire tant qu’il m’était possible d’allumer un feu, sans attendre la fin du bois. J’ai préféré être pris par le sommeil de la faim que par celui de l’hiver. Les jours, les nuits m’ont décharné, me rendant léger. À chaque respiration, mes côtes émergent. Mon squelette affleure à la surface, sent la lumière sous son ultime enveloppe et me transmet l'angoisse d'un ouvrier qui remonte de la galerie après son travail.

Autour de moi gisent les restes d'un réveil déchiré : les vitres en morceaux par terre, le vent comme un loup dans la maison, les murs fleuris de récentes lézardes. Je ne dormirai plus. Le sommeil qui était un bouchon sur mes entrailles a sauté, j'ai les yeux grands ouverts. La protection est enlevée, mes amis peuvent monter. Ils vinrent me trouver à intervalles très irréguliers, m'apportant des nouvelles de vies aventureuses. Leurs histoires passaient à travers moi, du vent dans la ramure d'un arbre plutôt que des voix dans mes oreilles : elles m'agitaient, puis je les oubliais. Ils entraient dans cette maison qui n'a pas d'escalier, dont l'entrée est au niveau du sol, ils s'asseyaient à la table qui fut pour eux celle d'une arrière-ligne. Ils furent tout ce que j'ai su du monde. Je suis resté dans cette maison à l'écart des routes.

Je viens d'une ville du Sud, une de celles qui s'embrasent chaque année, la dernière nuit. J'ai eu un balcon qui donnait sur une place, des palmiers au bord de la mer, une île étendue au milieu de l'horizon. J'ai eu des petits soldats et des fièvres, dont une endormit à jamais mes désirs. J'en sortis apaisé, n'ayant plus la mémoire des mots. Toute une langue se brûla au soleil vertical de la fièvre. Il en restait un résidu salé qui asséchait ma gorge. Quand les douleurs enserraient mes tempes, la chanson de ma mère me berçait de son interrogation : « Ça te fait mal ? Ça te fait très mal ? » Puis la torpeur se dilua dans les réveils enchantés de la convalescence. Les mots revinrent, un peu moins de pluie sur un champ desséché. Les désirs ne revinrent plus. Les fièvres tombèrent, je guéris et j'enfilai mon tablier d'écolier, uniforme conférant la permission de vivre parmi les autres, tout en restant à l'écart. J'ai pu ainsi rencontrer des gens et devenir leur ami, et c'est une bonne partie de ma fortune.

Je fus incapable de garder en mémoire les visites de mes amis ; l'agitation m'échappait et son souvenir après leur départ. Mais à présent le souffle de ces rencontres passe dans les pièces ; au milieu du vacarme des choses malmenées par les foudres, montent ces voix.

Vie : je ne peux donner ce nom à ma durée, je ne peux nommer ainsi le temps à l'état pur. Vie fut celle de mes amis, celle qui me prenait dans sa ronde et m'éblouissait, me donnant anxiété, émerveillement, crampes. Je restais à l'écoute du monde que j'avais raté. J'avais à peine vingt ans lorsque j'arrivai dans cette maison avec mes parents âgés quittant la ville à la fin de mes études secondaires. Ils ne purent goûter les joies de leur nouveau quartier pour lesquelles ils avaient économisé. Ils moururent la même année, en se suivant, en se hâtant. Se quitter fut pour eux un tort insupportable qu'il fallait réparer sans délai. Je me tenais à leur table généreuse en fils, comme un fruit est un fils, eux, ils étaient la plante tout entière. Ils me laissèrent une rente qui me donne encore aujourd'hui de quoi vivre. Le travail de la terre n'a pas été pour moi l'obsession du gagne-pain, mais une distraction, une façon de respecter les jours.

J'ai beaucoup parlé seul. Soudain une phrase sortait de ma bouche. Je la disais à la maison qui attendait ma voix. J'ai vécu si longtemps à l'intérieur d'elle qu'un échange s'est établi entre ses pierres et moi. Je sens que je fais partie d'une nature minérale commune. Son silence est le mien, il est intérieur. Le silence du dehors, de la campagne, total certains soirs de brouillard, ne ressemble pas au nôtre capable d'absorber les sons, quand même ma respiration et les battements de mon cœur se dissipent et que je ne les perçois plus. La maison me répond. Sa voix n'appartient pas aux hommes : elle jaillit de la pierre volcanique des murs, née au temps où l'écorce terrestre était en fusion et la matière mère de toutes choses. C'est une voix qui a bouillonné dans les fleuves de feu jaillissant en gerbes de la mare des cratères. Quand le vent balaie sa poussière, l'asperge de gouttes grises et bleues, la pierre murmure des comptines. Parfois c'est un timbre sonore où je distingue des syllabes incohérentes, d'autres fois je comprends des phrases entières. Mon oreille s'est exercée à écouter les pierres. Je les ai extraites de la terre, je les ai taillées avec mon ciseau, en forçant la fissure, comme si c'étaient des noix. Un éclatement, un souffle, et elles s'ouvraient à demi, l'air passait pour la première fois sur les pores de la pierre, à l'intérieur. Les pierres sont des huîtres pour ceux qui savent les toucher. Je les ai équarries, j'en ai fait des sentiers, des haies, des sièges, me servant des aspérités de l'une pour l'encastrer dans l'autre. Je les rapprochais suivant une géométrie qu'elles présentaient elles-mêmes, chacune prête à n'accepter qu'une seule autre forme, comme par destin. J'avais la mémoire des aspérités et je prenais dans le tas précisément celle qui allait s'ajuster avec un bruit de mains qui se joignent. Pierre noire opaque qui resplendissait entre les doigts, pleine, lourde, au relief dur et pourtant docile pour celui qui le comprend.

Autrefois, je voyais des lettres éparses entre les branches d'un arbre, sur les vitres mouillées, tracées par le vol des mouches. J'étudiais les alphabets de la Méditerranée pour élargir le catalogue des signes et comprendre toute cette semence d'écriture. Dans les points étoilés de l'univers nos ancêtres ont vu des figures, des bêtes, des chariots, moi je découvrais des lignes d'alphabets. Le monde était écrit, le premier homme n'inventait pas les noms, il les lisait. Sur la matière demeurent les traces résiduelles de cette rédaction, des monogrammes qui ont résisté à un effacement général. La voix rauque de la maison parlait avec ces lettres, prononçait des syllabes simples. Les soirs de tempête, quand je redoutais la force du ciel sur les animaux et les arbres, les murs marmonnaient une complainte et m'apaisaient.

J'ai connu mes amis au cours de mes années d'école, unique lieu où je fus mêlé à tant d'autres, assis sur des bancs étroits, écoutant les maîtres, savants despotes. Nous prenions part à ce monde plein de barrages, de files indiennes, de papier qui bruissait dans le silence, en parvenant à le comprendre. Dans cette communauté exigeante, les caractères jaillissaient comme une ressource, mûrissaient sous l'urgence. Je découvrais chez les autres les sentiments : amour, envie, admiration, imitation. L'un était bon en sport, un deuxième répondait aux questions avec désinvolture, un autre était plein d'esprit et plaisait aux filles : autour d'eux s'agitaient les désirs des autres. Ils essayaient eux aussi d'exister, donc d'atteindre ce qui semblait le sommet d'une habileté à exister. Nous étions des personnes en ébullition constante, fascinées par toute apparence de complétude. Je regardais ce monde, restant en retrait, car il était trop intense.

Si je n'avais pas passé cinq ans au lycée avec les mêmes personnes, aucune ne m'aurait remarqué. Mais cinq ans ont une longueur démesurée de treize à dix-huit ans et quelques-uns finirent par m'accepter comme j'étais, dernier à sortir, silencieux. Comment étais-je encore ? Maigre, osseux, la pomme d'Adam proéminente, le visage allongé et les yeux ronds, difficiles à fermer. Une touffe de cheveux est restée le seul trait indocile de cet aspect.

Comme je n'avais aucune passion et ne prenais le parti de personne, certains se mirent à se confier à moi. Nous étions à un âge où les garçons, faisant l'expérience de l'amitié, livraient leurs pensées secrètes à qui ne savait les garder pour soi. C'était l'âge des petites trahisons. Ce qui ne pouvait arriver avec moi : ces confidences s'envolaient aussitôt, dès qu'elles m'étaient faites, je les oubliais. Ce sérieux secondaire encouragea alors certains à s'attacher à moi.

En dehors de l'école, je voyais les colères subites et les disputes qui dégénéraient en bagarre, dans une pluie de coups. Je tentais de les provoquer en moi, mais je ne parvenais qu'à écarquiller les yeux et à serrer les lèvres pendant quelques secondes, alors qu'en moi il ne se passait rien. Je ne savais pas répondre à l'affront, je cédais aussitôt à la force. Une fois, un de mes camarades de classe prit ma défense dans une affaire de petites vexations que, d'une oreille distraite, je subissais d'un autre. Un conflit éclata entre eux. J'éprouvai de l'embarras, non de la reconnaissance. La tyrannie de l'un ne m'humiliait pas, l'indignation de l'autre ne me consolait pas. Je devenais une affaire entre eux, objet d'une querelle qui finissait loin de moi, causant des dégâts sur nos bancs et excitant les autres.

Le plus arrogant m'attendit à la sortie de l'école et me frappa au visage. Je couvris la blessure de ma main et je croisai son regard étonné par mon manque de réaction. Je ne pleurai même pas, car je suis peu sensible à la douleur physique. Il n'essaya pas de me frapper une seconde fois. On me consola en me disant que j'avais bien fait de tendre l'autre joue. Je ne l'avais pas fait, je n'en aurais pas eu le culot. Je ne réagis pas, c'est tout; il était impossible de chercher la bagarre avec moi. Ils ne savaient pas me maltraiter, ni m'aider.

Je recueillais confidences, espoirs déçus; il y avait en ces désirs une température qui les transformait à mes yeux en faits accomplis. Je prenais à la lettre ceux qui se confiaient, ça les rassurait et ne les obligeait pas à exagérer pour me convaincre. L'un me disait qu'il voulait devenir médecin et aller soigner les pauvres de par le monde. Son intention me suffisait pour le considérer déjà comme un missionnaire. Si, quelques mois plus tard, il me disait au contraire qu'il était devenu amoureux fou de la fille aux cheveux roux de la section A et qu'il voulait l'épouser, je croyais à cette impulsion comme si elle venait d'une autre personne. Sans bien comprendre, j'acceptais qu'on devînt quelqu'un d'autre en désirant très fort autre chose. C'était l'âge où mes camarades voulaient souvent être quelqu'un, sans pour autant parvenir à se fixer longtemps sur le même choix. La fièvre du devenir les faisait entrer dans la peau de bien des personnages, mais les mots qu'ils me disaient, lorsqu'ils étaient prononcés avec sincérité, avaient pour moi une force telle que je les prenais pour des faits accomplis. Ils n'avaient nul besoin de trouver une preuve, car ces vérités étaient bien plus fortes qu'une de leurs éventuelles démonstrations.

Mes amis ne pensaient pas ainsi, ils ne ressentaient pas la même chose. Ils croyaient que leurs paroles n'étaient qu'un titre qu'il leur appartenait de développer. Ils les mirent en pratique, ne surent s'en contenter et telles furent leurs vies.

La maison répondait à leurs récits par un souffle de vent entre les pierres. J'entendais ses consonnes, la voix de la matière n'emploie pas de voyelles, mais je savais les ajouter tout seul. J'écoutais : « En mer il n'y a pas de tavernes. » C'était un conseil pour ceux qui devaient partir en voyage, pour mes amis : qu'ils ne comptent sur aucun abri. C'était une complainte, c'était une sentence, je l'écoutais tandis que mes hôtes remplissaient leurs visites de récits.

J'aurais bien envie de faire courir à nouveau mes doigts sur ma guitare. J'entendrais mes doigts égrener l'accord en *do* majeur, puis ils joueraient par cœur. Mes mains chaudes et sèches commençaient à parcourir les cordes plus fines, faisant sonner le *mi* chanterelle. Puis mon pouce touchait les basses. Depuis longtemps je ne peux plus tenir ma guitare sur mes genoux, je suis pris de brusques tremblements et je dois poser tout ce que j'ai dans les mains. À présent elle pend au mur, couverte de fils d'araignée, autant de cordes qui s'ajoutent aux six autres. Seul le tonnerre a réussi à tirer un son de sa caisse de résonance, se créant un écho. Lorsqu'il éclata, la guitare répondit par une syllabe qui a duré plus longtemps que le tonnerre.

Après dîner j'improvisais des airs, ma voix se chauffait et nous formions un couple, ma guitare et moi. Mon chant courait sur la musique et, la rejoignant en un point, se mettait à l'unisson avec elle. La musique volait dans toute la maison et faisait une ronde dans la cuisine, qui donnait un peu le vertige. C'étaient des chansons sans valeur, des airs que je raclais, mais lorsque j'arrivais à l'unisson, la pierre résonnait. C'est ma mère qui me les avait apprises, des mélodies d'autrefois qui commençaient en mineur et éclataient en majeur dans l'air principal. Pour elle c'étaient des souvenirs forts, des minutes de sa jeunesse, d'un âge devenu vite adulte, sans ligne de conduite, durant les nuits blanches des bombardements. Pour moi, c'étaient des airs de mon enfance, même les plus passionnés contenaient des mots pour enfants, un vent sans force.

Je regarde la table en bois que j'ai construite avec des planches de pin et des poutres de châtaignier : souvent la nuit j'étendais ma couverture dessus pour dormir là, dans la tiédeur des braises mourantes. Sur les murs de la cuisine sont collées les étiquettes des bouteilles de vin que je me procurais pour les boire avec mes amis ou qu'eux-mêmes m'apportaient en cadeau. Après les dernières phrases d'adieu, je détachais des bouteilles vides les étiquettes multicolores aux noms obscurs et je les collais au mur. C'était un peu comme un album, comme des papillons. Maintenant que la pièce est ouverte au vent, les étiquettes commencent à se détacher du mur, claquent en volant, tournent autour du fauteuil à bascule que les bouffées de vent font osciller. Au son du grincement des arceaux de fer sur le sol et du bruissement des étiquettes colorées, les visites d'antan recouvrent leurs voix.

Sois le bienvenu. Tu es absent depuis de longues années. Je reconnaissais l'embarras des premiers moments de ton arrivée. Il nous fallait quelque temps avant de retrouver notre connivence. Nous parlions donc de choses et d'autres, en mangeant les plats que tu aimais, comme les aubergines à la parmesane. Puis on se mettait à parler de tes activités. Tu étais parti après le lycée dans des villes lointaines où tu avais fait les métiers de la fatigue. C'est ainsi que je les appelle car ils laissent en fin de journée un calme corporel. Alors les yeux regardent tout autour avec plus de lenteur et de distance, les mains suivent un peu moins la voix, préférant rester sur la toile du pantalon.

Tu as été ouvrier en usine, manœuvre dans le bâtiment, porteur. Tu as loué ton corps à l'heure. Au temps de tes premières visites tu me rendais compte de ces heures de travail commencées avant l'aube dans le tapage des usines qui travaillent en continu. Tu parlais de rues remplies d'une foule mécontente. Tu en faisais partie, tu l'appelais politique, mais ce mot me gênait. Il était lié pour moi au registre des partis qui s'étaient multipliés à la suite du suffrage universel. C'était bien autre chose l'action convulsive dont tu me parlais et qui contenait, à t'entendre, une part d'un monde futur. Sept ans de cette politique s'écoulèrent pour toi et tu ne me parlais ni de chambres ni de dimanches, ni de sentiments. De ces récits se dégageait un temps sans sommeil.

« C'était une façon de se battre. On ne demandait pas d'être d'accord avec un projet, mais de s'engager dans les luttes. Il y eut des maisons vides qu'on occupa, des loyers qu'on ne paya plus, des quittances d'électricité brûlées dans la rue. On entravait les mesures de rétorsion, coupures de courant, expulsions. On avait cessé de payer les additions, on en arrivait à exiger. Quand le temps de la lutte finissait, avec plus ou moins de succès, on recommençait d'un autre côté. On restait ami ou pas avec ceux qui s'étaient battus avec nous, mais il n'y avait pas de votes à solliciter en échange d'avantages. Ceux qui voulaient continuer étaient les bienvenus, mais il n'y avait pas de cartes.

« Nous n'étions pas convenables, notre méthode était le choc, technique éprouvante pour n'obtenir que peu de choses, parfois rien. Pourtant cela donnait du poids. Il arrive un moment dans la vie où un homme veut poser sur le sol une plante de pied large, un pas qui ne soit point léger. Non pas pour l'écraser, mais pour le charger de tout son corps. Dans ces années-là, personne ne voulait être léger. Il était urgent d'avoir une gravité différente ; elle modifia la démarche de beaucoup. Quand elle prit fin, chacun l'effaça en enfilant des chaussures de gymnastique.

« Durant ces années de chocs personne ne souhaitait être plus grand, plus maigre, pas même plus sain : elles riaient volontiers, les bouches édentées. »

Était-ce un monde sans désirs, comme le mien ?

« Non, répondais-tu à demi sérieux, c'était un monde qui donnait des coups de pied à la lune. »

Je les connaissais, c'étaient les gestes convulsifs mais exacts que doit faire le nageur pris par des crampes loin du rivage. Il doit lancer des coups de pied en l'air, c'est pourquoi on dit à la lune. Ceux qui le voient, sans connaître la raison de ces mouvements, peuvent croire que le nageur est devenu fou.

« Puis les gens se lassèrent des chocs et subitement il n'y eut plus rien à ajouter. Les milliers que nous fûmes s'éparpillèrent tout d'abord en groupes, puis en poussière. Certains reprirent leurs professions d'avant, certains leurs études interrompues, tandis que d'autres s'ouvraient les veines ou s'engageaient dans des guerres clandestines, moi je fus de ceux-là. Je suis resté ouvrier, là où j'avais débuté. Ce qui m'attire dans ce métier c'est uniquement le désir de continuer à le faire jusqu'à mon dernier jour. »

Tu as conservé longtemps un corps tendu, nerveux.

« C'est le fruit du travail manuel, même si le terme n'est pas exact, la fatigue n'est pas dans les mains. Je préfère l'appeler travail dorsal, c'est là que se concentre l'effort. Au lit le soir, je sens dans mes côtes les quintaux qui sont passés sur mon dos. Les mains ne souffrent pas dans le travail, mais une échine restée courbée ou bien sous le poids de la charge toute la journée, n'est plus qu'un faisceau de nerfs endoloris. C'est pourquoi je les appelle travaux dorsaux. Avec les années, la cadence de la fatigue est entrée dans mon sang, ma veine bat les coups nécessaires, mon corps se fond dans l'effort régulier. Durant ces heures je parviens à faire place aux pensées, il y a un temps pour elles sous le souffle court, sous la sueur. Des mots en voyage passent, des notes que je garde à l'esprit et qui me tiennent compagnie. Tout à coup sur le chantier, un ouvrier peinant sous un effort intense entonne une chanson, une gaieté impossible. C'est l'évent d'une pensée sortie des coups réguliers pendant qu'il déblaie des gravats ou applique de la chaux d'un rapide revers du poignet : un rythme de respiration lui a rappelé une phrase, une strophe, et il la chante. Personne ne le suit, mais il continue jusqu'au tarissement de l'inspiration née d'un effort. Moi, au contraire, je ne chante pas, je tourne et retourne dans ma tête n'importe quelle phrase que je conserve jusqu'à l'heure de sortie. »

Tu es parti chercher du travail en France aussi, dans les chantiers de la banlieue parisienne. « Le soleil se levait tard, nous étions déjà penchés sur le premier gâchage. Le soleil se levait sur notre dos. Nos visages étaient fermés sous la poussière et nous arrivions à nous ressembler bien qu'étant des hommes de nations différentes. Le soir, sous l'eau du vestiaire, nous reprenions nos visages ; derrière l'égalité de la poussière, à chacun sa peau. »

J'écoute à nouveau le timbre de ta voix ferme qui sortait de lèvres entrouvertes et ton accent méridional qui ne sert pas ceux qui le colportent, mais donne du poids aux mots. « Je suis au moins ça, un homme du Sud, un homme qui dans son enfance a eu les plus belles journées de la terre et qui sous le soleil a vu la misère plus nette qu'ailleurs. »

Misère de la ville, moi aussi je la revoyais. Sur les bancs de l'école primaire, nous, fils de familles aisées, nous avions notre goûter acheté le matin. Les autres attendaient le passage du concierge qui leur distribuait le « goûter scolaire », une tartine de confiture de coings. Chacun à leur tour ils allaient au bureau du maître retirer de sa main la nourriture attendue. Ils revenaient à leur place en regardant leurs pieds. À l'heure permise, ils le mangeaient avec un plaisir si intense que certains d'entre nous finissaient par leur offrir leur propre pain au chocolat en échange de leur ration. Mais il aurait fallu aussi obtenir en échange leur appétit et le besoin de ces goûters d'aumône pour pouvoir y enfoncer les dents avec le même bonheur féroce. Sur leurs têtes rasées, même en hiver à cause des poux, les gifles du maître pleuvaient avec un grand bruit de claquement. Nous, il nous arrivait rarement d'en recevoir et jamais d'aussi sonores. Mais sur leur crâne rasé la trace rouge laissée par les doigts imprimait une marque durable, et le sifflement de la gifle un air plus lourd à avaler. C'était la part d'injustice que les enfants apprenaient à connaître et à admettre.

«Je quittai Paris alors que j'étais malade. Dans les derniers mois je dormais à même le sol avec d'autres ouvriers. C'était le bureau du patron qui nous devait trois mois de salaire et ne nous payait pas. Et il nous a roulés finalement avec des chèques sans provision. Nous occupions les locaux d'une entreprise où nous sommes restés deux mois, nous, ouvriers de dix peuples différents. Ce fut un campement, pour certains il constituait l'unique abri et la seule possibilité de manger. Dans ces pièces nous nous étendions pêle-mêle. Nous respirions nos souffles denses de graisse de chaussures, de cheveux, de mauvaises bouteilles, dans nos nuits de sommeil commun. Ce fut alors qu'entre mes quintes de toux survint la fièvre.

« Auparavant, avec d'autres, j'avais veillé devant les grilles d'une usine pour en barrer l'entrée à l'aube, ou dans les maisons vides que nous avions prises, attendant la troupe qui viendrait nous déloger. C'étaient les nuits de l'insomnie commune où dans le froid chacun pouvait sentir son propre souffle s'échapper vers le ciel, haut et chaud comme une fumée d'encens qui brûle. Que faisais-je donc dans cet automne de France, Noël du Nord ? Je réclamais de l'argent, me battant pour l'obtenir, et je ne le désirais pas. Qu'est-ce qui me liait à ces hommes, à part la nécessité ? Uniquement le souvenir du souffle de ces autres nuits.

« Dormir par terre, mêler dans le sommeil l'odeur de chaussures, de cheveux, de restes de nourriture, devoir s'imposer une démocratie avec des mots difficiles et quelques coups de poing nerveux entre celui qui pleurait d'ivresse et celui qui fuyait de peur. Se contraindre à des sacrifices pour obtenir ce qui était déjà à nous pour l'avoir payé en échange de notre travail et de notre sueur. Pour cette raison je restai, dormant sur mon manteau, avec les puces, les dettes et les fièvres de la toux.

« Nous avions nos visages pour nous reconnaître, nos noms étaient obscurs et ne se gravaient pas dans la mémoire. Certains oui : Mustapha était algérien, il avait quarante ans, un ventre rond et un sourire sans barbe et sans malice. Italie, c'est ainsi qu'il m'appelait, Italie, écoute : ce sont les

Italiens qui m'ont appris à travailler quand j'étais un garçon tout juste débarqué à Marseille, tout juste roué de coups, tout juste sorti de prison. Les Italiens m'ont appris à élever des murs, j'aime bien les Italiens, tu as compris, Italie ?

« Mustapha répartissait l'ouvrage entre nous en ces mois de pauvreté et n'oubliait personne. C'était un homme réservé, de ceux qui se révèlent tout à coup dans les moments difficiles et qui sont des chefs-nés. Il possédait un enregistrement sur cassette d'un chanteur de son pays qui se nommait Bhar, qui signifie "mer". J'aspirais bien le *h* et je le prononçais presque comme lui. J'aimais connaître un autre nom de notre mer commune. Il riait quand je le lui disais.

« Il y avait Daniel, malabar yougoslave. On l'appelait Yougo et il protestait parce qu'il était du Monténégro. Il était si fort que, lorsqu'il voulait menacer quelqu'un, il tapait du pied par terre pour lui faire comprendre qu'il allait l'écraser. Un jour, sur un chantier, il me jeta une pierre. L'après-midi, il était toujours ivre. Alors je vins me placer devant lui, il tapa du pied par terre et moi je mis le fer de ma pelle à un poil de sa gorge, la faisant passer tout droit entre ses bras, de bas en haut. Je ne sais pourquoi je m'arrêtai là, peut-être parce qu'il était ivre. Le premier moment de surprise passé, il me tendit la main et nous devînmes amis. Tous les matins il me criait les seuls mots d'italien qu'il savait : "*Chianti, Beretta, Carabinieri*".

« Je me souviens de Maurice de Toulouse, moustaches et voix de bandit, capable de faire tordre de rire le wagon qui chaque soir nous ramenait en ville, tirant en rafales sur nous tous ses mots d'esprit, mais sans nous froisser, il n'y avait jamais rien de blessant dans ses expressions, seulement le don inné de la plaisanterie. Il y avait le Turc Kerem, la voix lente et pâteuse, des mains énormes avec un grand anneau d'or ; le grand manœuvre Traore du Mali, solennel comme un prince, un cou de buffle, qui se nourrissait d'une boîte de cacahuètes sur lesquelles il versait du sucre et de l'eau. Je me les rappelle, j'essaie de les nommer comme ça, pour ne pas les oublier, mais je les ai perdus. On vit avec des gens qu'on n'a pas choisis, on échange tant de choses qui finissent par devenir importantes et on regrette tout ce temps passé à côté d'eux pour ne savoir que bien peu de mots, bien peu de choses d'eux. Puis un beau jour on part, on ne les verra plus jamais et certains soirs on voudrait les rencontrer, leur serrer la main, les voir bien mis et se réjouir des bonnes nouvelles qu'ils nous donnent. S'ils sont encore en vie, plus d'un pense comme moi.

« Mais il y a aussi l'envers de la chose, toutes les premières fois où dans un vestiaire mon corps maigre et blanc se trouve seul au milieu des nombreux corps épais, foncés. Avec ceux qui échangent des coups d'œil, il vaut mieux leur faire vite comprendre qu'on est prêt à leur sauter dessus sans attendre une provocation. Alors on guette l'occasion, on choisit la modération, mais on ne laisse surtout pas passer la première impolitesse. Entre hommes, c'est la première impression qui compte, car il s'établit dans ces emplois une hiérarchie qui privilégie la personne en elle-même plutôt que ce qu'elle sait faire. Si on ne gagne pas le respect de tous, fût-ce au risque d'y perdre sa place, de s'exposer à un coup en traître, le travail devient un enfer. Une plaisanterie supportée en annonce deux, une offense tolérée cache une brimade à venir. Si par contre on a la repartie facile et mieux encore le geste rapide, les autres vous apprécient et s'assoient volontiers à côté de vous à table. Peu importe si on perd, si on reste sur le carreau dans l'inévitable bagarre, ce qui compte c'est qu'on n'ait pas fait semblant de ne pas entendre. Ce n'est pas difficile de vivre au milieu des hommes, partout se répètent les mêmes usages.

« Autrefois on disait que les ouvriers étaient des gens qui n'avaient pas de nation. Cela renforçait les espérances d'extension des luttes à d'autres pays. Maintenant cette phrase est vraie pour moi, d'une façon différente. Partout j'ai constaté les mêmes faiblesses chez les ouvriers. Beaucoup essaient de gagner cinq minutes sur l'heure de sortie. Après huit heures vendues, je déplore cette pauvre hâte, cette impatience dans la queue devant la porte. J'ai aimé le petit nombre qui franchissait le seuil d'un pas lent, j'ai aimé la dignité chez les hommes ; qu'ils sont rares ceux qui la manifestent dans les petites choses. Si je ne me suis jamais dérobé dans le travail à la charge la plus lourde, si j'en ai soulagé les épaules des autres, ce n'est ni par solidarité ni par entraide. Car je prenais une charge dont personne ne voulait, personne ne pouvait rien me faire d'autre, me charger davantage. Certes, j'avais la place la plus inconfortable et je ne demandais pas à en changer, mais aucun artifice, aucune épargne ne pesait sur ma fatigue. Je n'aimais pas chez les autres la petite astuce pour rouler son propre voisin et qui marchait seulement parce que le chef de brigade la tolérait à sa guise. J'ai souffert de colères, d'indignations envers les ouvriers, partout, leurs faiblesses n'avaient pas de nation. Mais pourtant j'ai été invité chez certains devant qui j'aurais voulu avoir une casquette pour pouvoir l'enlever. Quand l'un d'entre eux vous ouvre la porte de sa maison et vous présente à sa femme et à ses enfants, alors on sent qu'un homme peut vous faire un honneur qu'on ne pourra lui rendre. Certains, dans un exil de privations, sont des rois. »

Je t'écoute à nouveau et je pense au châtaignier derrière la maison. Il est dans le champ et se dispute avec la foudre. Au cours de ces nuits-là, je restais à la fenêtre pour le regarder balayer l'air de son épaisse chevelure tenant en respect les éclairs. Je connais ses souffrances plus nombreuses que les années, plus fortes que le gel. Depuis que je l'ai planté, à chaque saison j'ai remué sa terre, j'ai brûlé les feuilles tombées, je l'ai caressé, comblé par sa vigueur. Les châtaigniers ne poussent pas dans cette région, c'est le seul, le plus haut tronc de la campagne, et je me sens honoré que ce soit arrivé dans mon champ. Dix jours par an les fruits lisses et brillants tombaient, s'échappant de leur bogue mûre. Je ramassais des châtaignes pour moi et mes voisins, je les dégustais grillées sur les braises, avec une goutte de miel. Je fus très ému l'année où je ne parvins plus à l'entourer de mes bras, il était devenu trop large pour mon étreinte.

Je sais qu'il m'attend dehors, mais je ne sortirai plus à sa rencontre. Ainsi de mon corps : je vois la dureté de mes membres allongés et je dois les abandonner.

« Observe le muscle d'un ouvrier : quel rapport d'équivalence, d'infériorité ou de supériorité existe-t-il entre lui et l'effort à accomplir ? » Je ne savais que répondre à cette question. Mon travail quotidien aux champs m'avait rendu maigre et fibreux, sur ma peau se détachaient des veines, des nerfs et pas beaucoup plus. Mon corps était un minéral d'os et de sel recouvert avec parcimonie. Il me semblait qu'un muscle était en équilibre avec l'effort à exécuter, qu'il le compensait.

Tu m'expliquas au contraire : « Dans le travail un faisceau musculaire se tend non seulement pour réussir à l'accomplir, mais pour y parvenir avec le moindre effort. Il ne se contente pas d'égaler sa charge, mais il se durcit pour la dépasser et changer ainsi le rapport de force. Je crois que tout le progrès tient à cette adjonction de puissance qui sert à épargner de l'énergie, exécutant le travail avec un gaspillage minimum. À part ce soulagement, je ne reconnais pas d'autre valeur au progrès. Il est fruit du corps. Dans la forme d'un muscle je reconnais une intelligence héréditaire. Un débutant qui donne un coup de truelle pour étendre la chaux, qui saisit une pelle ou une raquette de tennis le fait toujours d'une façon gauche, assez drôle. À quoi tient cette maladresse ? Au manque d'intelligence physique, celle qui permet d'exécuter le geste en donnant la plus grande efficacité au moindre effort. C'est ça le style, pour un maçon comme pour un joueur de tennis. »

Tu étais patient avec moi, tu voulais que je suive ta pensée. Je t'ai demandé parfois de répéter une phrase, une histoire, mais pas de revenir à cette journée interminable pour nous ; je ne t'ai jamais plus parlé de celle-là. Je sens qu'elle revient et je serai à nouveau près de toi. Je redoute la répétition qui s'approche, je redoute chaque pas qui me pousse vers une compréhension.

« Nous attribuons des tentations au corps, mais le vacarme des désirs vient de l'esprit. Des hommes qui passèrent pour des oppresseurs des sens, des jeûneurs, des mystiques, connurent dans les réductions au minimum, dans l'exercice qui rapproche du rien, l'immensité du corps et de ses ressources. C'est le renoncement qui le fécondait, non le désir ; ceux qui pensaient le contraindre par des privations le trouvaient grand ouvert. Ces hommes surent que les barrages renforcent, que la pénitence donne un sens à chaque heure du jour et permet de ne pas oublier qu'on existe. En ce qui me concerne, j'ai moi aussi connu le vide, lorsque je vivais en soldat clandestin d'une guerre mineure. Je l'avais entreprise à la suite de ces sept années de politique. C'était un désert : toutes les rues étaient bonnes pour se cacher ou se perdre, pour tendre une embuscade ou tomber dans un piège. Peu de monde autour de soi, des noms nouveaux, des habitudes feintes : lorsque prirent fin les années de cette politique des affrontements, il y eut dans notre pays un appel aux armes et j'y ai pris part. Je m'en suis sorti et je suis du nombre des rares soldats restés inconnus qui ne sont pas obligés de se cacher, oublié par qui sait quel hasard. »

Ainsi commença cette journée. Tu parlas non par besoin d'avouer, mais pour impliquer quelqu'un d'autre. Les paroles de mes amis ont eu le pouvoir de me lier à leurs récits, ainsi ne les laissais-je point seuls dans cette deuxième action qu'était leur discours, dans ces secondes vies qu'étaient leurs visites.

Tu cherchais en moi un témoin, appelé à être présent, à écouter le cours du temps sans pouvoir l'arrêter.

Nous étions dans la cour inondée de soleil, tu m'aidais à construire un nouveau toit en bois pour le poulailler. Par habitude nous parlions peu, suivant le plus souvent des pensées fortuites liées à nos occupations du moment et je ne prêtai pas attention à ton préambule. Nous jouions du clou et du marteau, tu étais habile, rapide. Nous transpirions, c'était un novembre tiède, les journées avaient un ciel bleu fixe, vide, tous les vols d'oiseaux avaient déjà migré.

« Lorsqu'un clou tombe sur le bois il donne l'impression d'être arrivé pile à l'endroit visé, non pas d'avoir fini dans n'importe quel point utile. Il transporte avec lui le centre, comme une douleur physique. Là où elle pénètre, la douleur comme le clou organise l'espace autour d'elle. »

Tes pensées me surprenaient : « Ce ne sont pas de vraies pensées, mais des impressions, des choses perçues par les sens ». Tu pointais le clou et en trois coups tu l'enfonçais entièrement dans le bois. Tu avais quarante ans. Dans la splendeur de cette matinée d'automne tu semblais fait de la matière des choses qui nous entouraient : de pierre, fer, bois, coton, pas de chair. J'étais rassuré par ce qui te composait. Pas un bruit alentour, seulement le nôtre. Tu me pris le marteau des mains et le reposas près du tien. Les coups cessèrent. Tu passas tes doigts sur la paume de ta main en disant que les cals vont et viennent et, selon les outils de travail, changent de forme et de consistance. « Après un temps de repos les mains redeviennent lisses, mais n'oublient rien. La peau de la paume a la mémoire tenace, elle rappelle le papier d'un cadeau, la dureté de la première noix écrasée dans le poing, la forme d'un caillou plat lancé à la surface de l'eau et qui fit de prodigieux ricochets. La place de chaque outil se creuse à force de coups : la main conserve la place et les coups. Ainsi, au moment où je sens dans mon poignet le rebond du marteau sur le clou, je retrouve dans la mémoire de ma paume et de mes oreilles le coup porté qui atteint un crâne. Lorsque au cours des affrontements brefs et convulsifs, je parvenais à frapper le premier et que mon bras trouvait le passage libre pour porter son coup, alors le fer, le morceau de bois que j'avais en main, recevait le rebond d'un crâne. Ce coup reste dans la main de celui qui l'assène, comme dans tous les sommeils de celui qui s'écroule en le recevant. La tête d'un homme est dure, pas aussi fragile qu'elle paraît. Moi aussi j'ai reçu des coups, dont un lancé de haut sur mon front me sembla devoir s'enfoncer au plus profond de ma gorge et ne me coûta pourtant que quelques points, quelques minutes d'inconscience. L'animal cherche la gorge, l'homme la tête. Nous l'avons appris tout gosse, tu t'en souviens ? Dans les bagarres à la sortie de l'école montait le cri : Tape-le sur la tête. »

Tu me montras la marque d'un coup reçu à la racine des cheveux qui avait gravé dans ta chair un angle aigu. J'étais gêné par ta voix aigre, par tes yeux qui ne fixaient rien. Il n'y avait aucune place pour la pitié et ce fut un soulagement pour moi, dans la première vague de mon écoute, de te voir renoncer à parler de sentiments, à les mêler à ton récit. Je ne pouvais éviter de penser au mal que vous aviez échangé toi et les autres hommes, j'étais présent à votre sang, je n'aurais pu te voir prendre du recul. Un regret, un remords face aux blessures m'aurait vraiment déconcerté. Si j'ai résisté, c'était parce que le mal montait comme une tempête, les hommes étaient surpris dehors et il n'y avait pas d'abri.

« Quand j'étais petit je voyais des violences partout. Sur les étagères de mon père je trouvais des livres sur la guerre et je grandissais avec le sentiment de devoir rendre compte de blessures, d'offenses qu'une autre génération avait fait retomber sur celles à venir. Le XXe siècle était devenu un siècle antique, chargé de malédictions. Quand je vis dans les rues les coups, les affrontements, j'étais déjà prêt. Dans la première pierre que je lançai était déjà inscrit l'acte de tuer et d'être tué. La politique fut pour moi l'organisation d'une colère, l'épaississement d'un cal. Ce ne furent pas seulement des semaines qui passèrent, mais des années, je connus les armes, j'ai tué des hommes, un et puis un autre. »

Tu repris haleine alors que je m'essoufflais. Je me revoyais tel que j'étais : les yeux à terre, les bras le long de mon corps, les lèvres serrées et la respiration qui allait et venait, haletante. Je tentais de supporter mon poids dans les limites de ma capacité à le recevoir. Une torpeur mentale me protégeait. Tu continuais, mon silence était le bienvenu et te servait. Je peinais derrière ton récit et j'étais secouru par ma faiblesse elle-même, car chanceler sous la douleur est un moyen de ne pas en subir tout le poids. Ce sont des choses que je pense maintenant que je parviens à nous voir tous les deux ce jour-là.

Le bois travaillé dégageait une odeur de coupe fraîche, l'herbe tout juste fauchée pâlissait, embaumant l'air. Tu parlais d'hommes tués sans en faire le compte, disant : un puis un autre, sans dire deux.

Y a-t-il au monde une raison à cela ? À quelle nécessité t'es-tu plié ?

« Je n'ai pas été le fonctionnaire d'un devoir extrême. Il y a des assassins qui se considèrent comme le point terminal d'une chaîne d'actes d'office, exécuteurs de la dernière ligne d'un jugement. Je ne fus pas de ceux-là, je n'ai pas réglé des affaires, j'ai accompli des actes qui m'appartiennent entièrement. Tu demandes s'il y a une raison pour en être arrivé là. Il y en avait de nombreuses et on en inventera d'autres pour supplanter des mobiles éculés, mais elles ne valent pas la vie enlevée qui, elle, se soustrait à l'échange. Ça, je devais le savoir plus tard, avec la suite qui manquait à cette phrase. J'étais alors soldat volontaire d'une force que nous promettions provisoire. Je ne veux pas reconstituer les motifs d'une sentence de mort envers un ennemi. Je dégage cet acte de tout contexte capable de le justifier, je parle de ses conséquences sur moi.

« Je ne me suis pas abusé, je n'ai pas cru que le monde ne se remette jamais d'une action, qu'il reste marqué et change uniquement par ce qu'on fait. Le monde ne se laisse pas plus faire et défaire par ce genre de coups qu'il ne se laisse troubler par les prières. Moi, au contraire, j'ai cru établir une autre justice, faire partie d'un code qui voulait compter des exemples, non pas appliquer une loi. J'entendais effrayer nos ennemis, les mettre en fuite à défaut de les persuader de se ranger à nos côtés. Vaincre pour arrêter, pour une amnistie, non pour allonger les listes de proscription.

« Nous voulions montrer une autre force à travers des cas uniques, la déployer de façon circonscrite et compréhensible. Il n'en fut pas ainsi. Nous ignorions l'art de cette nouvelle justice que nous croyions pourtant posséder pour l'avoir construite avec nos forces. Il y eut des crimes insensés que nous tolérâmes. Nous avons perdu parce que nous fûmes incapables d'écarter de notre droit le penchant à l'arbitraire. Nous avons laissé le courage se mêler à l'arrogance, pas seulement dans les faits de sang. Je me souviens des cambriolages en masse des grands magasins, actes de complaisance déréglée. Nous avons perdu : le vaste contingent d'une génération se révéla en totale inadéquation à un but, possible malgré tout, car soutenu par de nombreux défenseurs.

« On ne manquait pas de solides intelligences, mais elles se gaspillaient dans des organismes ne cherchant qu'à se distinguer. Dans cette génération nul ne sut comment exhorter. Nous croyions contrôler les étapes de notre politique, nous présidions à ses destinées avec assurance. Dans la disproportion entre les tâches assignées et l'intelligence mise à les réaliser s'est perdu tout un corps expéditionnaire qui s'était avancé dans le désert de l'après pour l'occuper, pour être déjà sur le pied de guerre en temps voulu. C'est ainsi que je m'enrôlai dans la lutte secrète. Nous étions une infanterie légère, nous brûlions les ravitaillements et nous nous déchaînions comme des bandes des Apennins, chacune pour soi. Enfin le dernier détachement n'a pas supporté la lenteur de la défaite et s'en est remis à ses meilleurs officiers pour se faire trahir, pour offrir ses poignets à la première aube avec un soupir de soulagement.

«J'ai échappé à cela et j'ai repris mon métier

d'ouvrier. Je n'ai rien renié, mais je ne recommencerais pas à tuer, à blesser ; les deuils, les défaites ont calmé mon esprit. Les personnes qui vieillissent en prison sortiront peut-être un jour, alors on pourra dire à voix basse que les rangs de notre compagnie ont été finalement dispersés. »

Tu m'invitas à faire quelques pas. Tu voulais parler en marchant, ne pas me retenir immobile à ton écoute. Je mis fin à mon mauvais garde-à-vous, je serrai les mains derrière mon dos. Nous prîmes le sentier des ruches qui l'été brassent l'air d'un chant de fond, sonore voix de basse d'usine qui recueille une goutte de miel par journée de fleurs. C'est le chant d'une volonté inexorable d'exécuter. Toute la nature exécute sans répit, poussée par un élan qui m'émeut et m'échappe.

Moi aussi j'essaie de l'imiter dans les tâches quotidiennes, espérant que toute cette agitation est inutile, gratuite, pure restitution d'une énergie prodiguée. Ainsi la nature dépense sans trêve ses ressources, peut-être est-ce une prière, dans les rites minutieux de la tâche exécutée et en retire des joies qui me sont inconnues.

Le bruit de nos pas sur le gravier faisait du vacarme dans le silence de l'automne immobile. Les yeux fixés à terre, nous nous dirigeâmes vers la pente légère. Nous respirions à pleins poumons, nous étions dans la force de l'âge.

« Je ne me suis pas senti le premier au sein d'une troupe d'hommes préparés, mais le dernier parmi ceux que l'on peut extraire de la corbeille des numéros du loto, le dernier de ceux que je pouvais devenir moi-même : un assassin. J'étais entré depuis peu dans la vie secrète, je ne travaillais plus. Je faisais l'expérience de l'isolement de celui qui reste parmi les autres pour ne pas être vu. J'avais laissé les milliers de compagnons de route et de veilles nocturnes pour entrer dans une tranchée qui me suivait partout. C'était l'isolement, privation plus sévère que la solitude, vie souterraine qui imposait des pas de scaphandrier, chargés de lest pour marcher sur le fond.

« J'avais étudié les habitudes de l'homme à abattre. Il offrait à l'embuscade l'avantage de ses horaires réguliers. Mon plan au point, je me levai un matin avant l'aube. Je déjeunai, je nettoyai mon arme une fois encore et j'allai à la selle, acte nécessaire avant de plonger dans une action. »

Je m'arrêtai sur la pente, la bouche fermée et le souffle court. Je voyais les ronces des mûres sauvages desséchées et je les sentais sous ma peau : pourquoi mélangeais-tu mort, café et chasse d'eau ? Je n'étais pas indigné, je n'en ai jamais été capable, mais un élancement me retenait immobile. Tu t'arrêtas quelques pas plus loin.

« Je ne le haïssais pas. Je n'avais pas besoin de m'exciter pour frapper. Quand j'ai tué par la suite, j'ai senti s'effriter en moi le mobile, la sentence, ce droit exercé à titre d'exemple et tout l'équipement de soldat qui m'avait soutenu jusqu'alors. Je n'éprouvai aucun effroi, je n'éprouvai rien. Pour abattre un corps le geste d'un autre corps suffisait. C'était un acte facile, je l'exécutai comme un réflexe nerveux. Il n'y a pas de mobile qui tienne face à une mort, pour tuer seul le corps suffit. »

« Tu sais que tu as tué pour rien ? » La question m'échappa tout à coup, comme une impulsion partie de la plante des pieds, arrivée à mes lèvres. Elle fut si soudaine que je fis même un pas et m'avançai vers toi.

« Mourir pour rien », tu te remis en route, « et pour quoi d'autre alors ? A posteriori nous attribuons ou ôtons son sens à une mort. Mais mourir n'est porteur d'aucun message, mourir pour quelque chose ou pour rien, dit-on, mais ce n'est pas ça.

« Mourir ne régit rien, mourir se suffit en soi, sans préposition, sans prédicat. Quand une personne trouve la mort physique, à vingt ou à cent ans, c'est pour rien qu'elle meurt, car la vie n'admet pas le droit à l'échange. Personne ne peut ajouter ou enlever quelque chose à une mort, grandeur immuable qui revient à chacun. On meurt dans un lit ou devant un peloton d'exécution uniquement pour soi.

« Je ressens profondément le nom d'assassin, mais pas parce qu'au cours de ma vie il y eut des minutes qui m'ont défini tel. Je suis assassin parce que sous la vie, sous l'écorce d'un être humain, il y a un œil secret. Moi, j'ai été vu par cet œil et mis à nu. Je ne suis qu'un corps qui en a tué d'autres, pas un soldat de guerre mineure, pas d'ennemis. Est assassin celui qui franchit un seuil usé par le temps et en sort dépouillé. »

« Ce fut ainsi. Je pris l'autobus jusqu'au lieu du rendez-vous, là se trouvait l'ami qui allait me servir de chauffeur. Nous avions volé une voiture quelques jours plus tôt. J'attendis quelques minutes en me promenant près de la sortie d'un garage qui montait jusqu'à la rue par une rampe. J'entendis le bruit d'une voiture qui passait en première. Quand elle fut en haut de la montée, elle s'arrêta pour s'assurer que la route était libre. Je comptais sur cette habitude. Mon pistolet était prêt ; sortant à découvert d'un seul pas et d'un seul geste, je tirai aussitôt. Un coup, puis un autre, la voiture eut un soubresaut arrière, l'homme avait peut-être lâché la pédale d'embrayage. Je le suivis faisant deux pas dans la descente et pour finir tirai une troisième fois, en visant toujours le torse. La voiture m'attendait à quelques mètres de là, je la rejoignis et elle démarra brusquement. Il ne faisait pas encore tout à fait jour et tout était fini. J'avais tiré avec un puissant calibre, un seul coup aurait suffi, mais j'en avais tiré trois. Ce n'était pas un excès superflu. La rafale témoignait d'un jugement qui dépassait le condamné et s'adressait à tous ceux qui, dès lors, étaient tenus de se considérer comme des survivants. J'aurais voulu abandonner après le premier coup. Je souhaitai m'arrêter, le laisser tranquille, ne pas maltraiter sa mort. Mais le problème ne se posait pas entre nous, prolongements exposés de deux foules hostiles, nous devions tuer et mourir car l'aversion en était arrivée à ce degré. Je devais achever mon mandat et je continuai pour les autres ce qui avait déjà été consommé entre nous dès le premier coup. J'essaie de parler ainsi : entre nous deux. Il y a un moment où un homme et son assassin s'appartiennent, intimité que seul le sang crée. J'étais devenu partie de ce sang. Avant de m'enfuir, des éclairs d'autres gestes possibles me traversèrent l'esprit, dont celui de le prendre dans mes bras et de l'emporter. Mais ce n'est qu'une des variations enfiévrées de la suite prévue qui, à cet instant, surgirent en masse entre mes pensées et mes nerfs.

« Je ressentis du dégoût et perçus très fort le vacarme des deux tirs suivants. Je n'ai pu mettre qu'après un nom sur ces deux sensations. Sur le moment ils étaient l'interstice vide entre un tir et l'autre. »

Nous parvînmes à un chemin plat. Tu marchais avec légèreté, appuyant avec force et souplesse ta plante de pied, d'un pas qui retenait avec peine son rebond, comme si une morsure entravait son élan. C'était beau de te voir marcher.

J'étais en sueur, tu m'offris un mouchoir. Te souvenant d'une vieille phrase de nos études de philosophie tu récitas : « On ne se baigne pas deux fois dans la même eau », et tu ajoutas « pas plus que dans la même sueur ». De tous ces mots détachés d'un système de pensée, quelques-uns nous restaient en mémoire, ils tenaient tout seuls. En les entendant pour la première fois un adolescent pouvait en sourire, mais il ne pouvait s'en défendre. Cette phrase, pensée pour la première fois avec soulagement ou avec peine, comment savoir, venait d'une émotion contagieuse. Elle finirait dans notre magasin enchanté avec les journées de soleil passées au bord de la mer. Nous la retiendrions comme le reste, en vrac, mais un jour d'angoisse nous la retrouverions en guise de réconfort. Je m'essuyai le front en fermant les yeux : cette phrase lançait un appel au loin.

Je me mis à penser à ma mère, les cheveux cachés dans son foulard bleu. Bien qu'elle eût l'eau courante à la cuisine, elle en usait peu en souvenir des jours de pénurie. Certaines économies s'enracinent dans les gestes et, lorsqu'elles ne sont plus nécessaires, y laissent une mesure exacte comme une règle. Je lui tenais compagnie après le repas pendant qu'elle faisait la vaisselle, ouvrant et fermant le robinet d'innombrables fois, ne laissant jamais couler l'eau inutilement. Je m'écartais quand elle passait, et parfois, elle posait une main mouillée sur ma tête toujours ébouriffée. C'était une femme réservée par pudeur, jamais par contenance. Les mouvements de l'âme s'arrêtaient dans sa gorge. Là, je pouvais la voir rougir. Là, les contrariétés se changeaient en toux réprimée. Elle souffrait d'une peine exacerbée par le temps : avoir mis au monde un fils unique et si calme. Elle critiquait affectueusement mon corps osseux, elle disait qu'elle ne pouvait me toucher sans rencontrer d'aspérités. Si je me cognais contre un obstacle, il se produisait un choc de matériaux et des bleus se formaient, lents à se résorber. Ces incidents la faisaient rire, le rire inopiné s'engouffrait dans sa gorge et finissait en quinte de toux.

Je t'interrompis en parlant d'elle, au moment où le sentier bordé de deux rangées de ronces se rétrécissait. De loin, un bouquet de chênes en marquait la fin. C'était une journée éclatante, nous ne nous en rendions plus compte.

Dans le silence qui suivit tu pensas à ton père et, pour me distraire d'une mélancolie tu me parlas de lui. « *Aceto, arcobaleno** : c'est par ces mots que commençait l'ordre alphabétique de son petit dictionnaire d'anglais et de français qu'il tentait de nous enseigner, à ma sœur et à moi. Il rentrait pour le dîner et trouvait un peu de temps pour nous qui étions en âge d'apprendre de lui.

* Titre original du livre : vinaigre, arc-en ciel. *(Toutes les notes sont de la traductrice.)*

Il s'asseyait dans un vieux fauteuil vert et nous deux, chacun sur un bras, nous écoutions et répétions ces premiers noms capitaux. Il nous les expliquait : *aceto* se dit vin aigre, *arcobaleno*, lui, se dit en anglais arc de pluie, arc-en-ciel en français. Ces mots nous semblaient plus beaux que les nôtres.

« *Aceto, arcobaleno* : aucun autre mot n'a été sauvé, j'ai retenu ceux-ci parce qu'ils étaient le début et seuls les débuts ont laissé une trace en moi. C'est la raison pour laquelle je n'ai cessé d'abandonner emplois et villes, exécutant chaque fois les préambules comme un devoir. C'est en ça que je me sens partie intégrante de mon temps. Notre siècle a beaucoup entrepris par hâte de commencer, sans réussir à contrôler la suite. Pour nous autres enfants, assis sur les bras de son fauteuil, les débuts arrivaient le soir.

« La pièce, tapissée de livres jusqu'au plafond, avait un son feutré. Après les mots étrangers, on passait aux illustrations des tableaux. Il prenait des feuilles dans une pile de reproductions et nous devions en reconnaître ou bien en deviner les auteurs. Nous criions en rafales ces noms vénérables et extraordinaires : Ghirlandaio, Pinturicchio, Delle Notti. Nous apprenions titres et sujets.

« Un jour, alors que j'étais encore au lycée, il m'emmena à Paris ; nous avions eu la chance de gagner des billets. Nous nous rendîmes aussitôt au musée pour voir nos tableaux. Je ne peux dire mon enthousiasme en retrouvant, grandes et imposantes dans leurs cadres, les figures de mon enfance. Il m'arrivait de crier les noms des peintres, je n'aurais jamais cru que le seul fait de reconnaître pût être si émouvant. Le fond de la salle sur la Renaissance italienne était entièrement occupé par les *Noces de Cana* de Véronèse. La pièce, aussi large qu'une petite place, était pleine de visiteurs. Il la traversa d'un pas rapide sans se soucier de la foule, comme s'il était là pour me montrer sa collection privée. L'art, pour celui qui l'aime, donne ces vertiges-là. Durant la brève traversée de la salle-place il me dit très vite : "Voici la Renaissance, un bel ensemble d'ateliers d'artisans, rivalisant pour un public restreint de grands connaisseurs. Derrière chacune de ces œuvres il y a un contrat avec un commanditaire exigeant, vigilant, qui serrait les cordons de la bourse, contestait les échéances. La pression, la lettre de change ne nuisent pas à l'artiste, elles l'exercent à une discipline, bonne règle de modestie. L'artiste doit être persécuté par les nécessités."

« Nous arrivâmes à l'énorme représentation des *Noces de Cana*. Il me dit que si j'étais attentif je n'entendrais plus le bourdonnement de la place derrière nous car, dans le tableau, le silence était en train de se faire. C'était le moment fixé par le peintre : le vacarme des invités et de la fête s'atténuait, une éclipse de son se préparait, me dit-il.

“Le passage secret de l’eau lustrale en vin se réalise, dans les vases rougit un nouveau liquide. L’homme au centre accomplit sa première manipulation, il déploie pour la première fois l’énergie bouleversante qui préside aux miracles. Il le fait pour mener la fête à son terme. Son regard est déjà absorbé par un autre dîner au cours duquel il prononcera un adieu. C’est un homme à ses dernières Pâques. Pour ce moment de concentration de l’énergie, le peintre fait sentir le silence qui se fige comme le sang répandu dans le monde.”

« Il me parlait avec précipitation, léger, m’expliquait en passant des choses pour lui évidentes. C’étaient au contraire des inventions nées d’une impression du moment, des échappées sur un thème qu’il entrevoyait. Je jouais le jeu en me taisant. Je lui fais crédit aujourd’hui encore de son improvisation, il ne préméditait jamais une idée. Il était excité et imaginatif comme un enfant à sa première visite au zoo. »

Le silence qui se fige : les paroles de ton père évoquaient une chose qui m’était connue. Le silence n’est pas un état de quiétude, mais une tension, celle d’un tourbillon dans lequel vrillent les sons attirés vers le fond. C’est ce qui se passait très souvent le soir, dans la maison et en moi. Je restais le regard dans le vide sur la chaise à bascule après avoir fait la vaisselle du dîner et alors ça se produisait. Ils venaient, c’était toute une foule, des visages vaguement familiers, auxquels remontaient les traits de mes parents. C'étaient mes prédécesseurs, mes ancêtres : ils croisaient leurs doigts, arrangeaient leurs cheveux, marchaient d'un pas lent, avaient des mouvements que je reconnaissais pour les avoir copiés. Ils venaient quand l'absence se faisait en moi, comme si je m'étais retiré dans un coin de mon espace pour leur laisser le champ libre. En chacun d'eux, homme ou femme, je surprenais un détail qui me ressemblait. Je me rendais bien rarement compte que mes parents étaient là aussi, perdus dans la foule. Ils s'arrêtaient dans l'espace que j'avais laissé en me retirant, et la maison devenait tour à tour place, cour, plage, un lieu qu'ils évoquaient. Ils ne formaient pas une procession qui descendait vers moi suivant l'ordre des générations, ils étaient au contraire des contemporains. Les morts se rejoignent dans un temps général et chacun porte en soi ce toujours. Je me retirais encore plus loin et un silence tombait sur la foule de ma famille.

Lorsque je revenais à moi, les sons refaisaient surface. Ton père avait vu un silence se figer dans un tableau et moi, grâce à sa sensibilité imaginative, je me sentais uni à une plus vaste expérience des sensations, où l'événement le plus intime au lieu d'isoler, rapproche. Des hommes tels que ton père ont eu le don de stimuler grâce à leur intelligence.

« Enfin nous arrivâmes devant le *Baldassarre Castiglione* de Raphaël. “Observe-le, me disait-il, tourne un peu la tête et plonge tes yeux dans le vide sans faire de mise au point. Ce regard ne correspond plus à l'acte automatique de la vue, ce regard est tout un faisceau de particules qui nous traverse et dépasse le diaphragme subtil que nos corps opposent à son champ. C'est le regard de celui qui se détache d'un livre qui s'est déversé dans son âme. Tant qu'il en est imprégné, le monde entier tout autour lui semble la coulisse floue d'un petit théâtre.”

« Tous ces mots, mon père m'en faisait cadeau. Pour lui j'étais l'occasion de pouvoir enfin les dire, les imprimant sur moi plutôt que sur un cahier. »

Il en savait des choses, te dis-je.

« Allons donc, il ne savait rien, il faisait marcher son imagination en inventant ce qu'il voyait. Il anticipait ainsi la cécité qui allait le frapper, il construisait à temps dans sa tête un monde qu'il pourrait feuilleter dans le noir.

“Tu veux savoir à qui sont ces yeux ? me demanda-t-il encore à propos de *Baldassarre Castiglione.* Ce sont les yeux du grand orang-outan malais que j'ai vu au zoo de Bâle quand j'étais jeune. Ceux-là aussi allaient bien au-delà de l'humanité qui défilait devant eux, plongés dans un autre lieu, absorbés dans un autre temps. Lumière de bête perdue, regard de grand-père malade qui erre au cours de sa nuit d'insomnie à travers la maison sans se plaindre."

Tel était-il, maître de pas inventés. Je l'admirais, tout en prenant du recul. On ne pouvait être comme lui, même un fils ne pouvait se tromper là-dessus : ou bien on était exactement lui-même, identique personne calquée, ou bien il fallait puiser dans toutes ses ressources pour se distinguer de lui. Il ne s'exprimait ainsi qu'avec moi. Le jeu de sa tête fertile irritait notre milieu provincial. Une de ses considérations érudites ou à peine moins ordinaires était prise pour cible et pulvérisée par une cascade de répliques jouant sur les assonances les plus vulgaires. Pauvre ville du Sud engourdie par ses terreurs face à une plèbe capable de donner libre cours à une férocité respectable. Sa classe sociale se méfiait par-dessus tout de l'intelligence, instinctivement, l'associant aux émeutes. Il fallait être assez bien élevé pour la dissimuler, ou bien aller l'exercer ailleurs. Mon père, de tempérament doux, respectait l'animosité de son milieu, mais pour moi il désirait une ville moins violée par l'histoire, moins flattée par la géographie.

« Son image sociale, compromise parce qu'on l'estimait trop intellectuel, était réhabilitée par un talent très prisé : émettre des bruits obscènes, les mains sur les lèvres, avec une force de ténor. On lui demandait souvent de faire la démonstration de cette habileté. Un jour dans la rue, je le vis sans être vu, prêtant main-forte à un de ses amis qui de loin avait aperçu une de ses connaissances. Il l'appela à haute voix par son titre professionnel, nom et prénom. Dès que l'homme, interpellé de façon si péremptoire, se fut retourné, mon père fit retentir la plus fracassante détonation, au point de couvrir tous les autres bruits de la rue. Il savait même la moduler, la cabrant dans l'aigu. Tout le monde se retourna, on rit, quelqu'un applaudit l'exécution, tandis que les deux compères s'empressaient de rejoindre l'autre pour lui offrir un café en dédommagement.

« Je filai sans me montrer, pour ne pas le mettre dans l'embarras. J'étais l'auditeur des découvertes, des inventions, des seuls mots au monde qui pour lui valaient la peine d'être dits. J'étais son arrière-ligne. Avec sa voix secrète j'accumulais une rancune envers le monde qui nous entourait et qui acceptait l'exhalation de son souffle si de sa main il comprimait ses lèvres. Ce monde le déshonorait, mais lui ne s'en plaignait pas. Il s'était laissé appliquer un masque et peut-être ne souffrait-il plus de la dissimulation qui moi me torturait. Papa, me dis-je quelquefois, tu devais m'apprendre à être un homme bon, m'exercer à la patience comme toi. Mais tu parlais de tableaux et de livres et tu prolongeais ton repas en trempant les fèves dans l'huile. Je restais pour te tenir compagnie. Toi, en signe de gratitude, tu passais parfois le dos de ma main sur ta joue, une caresse que je n'aurais pas faite. Tu m'apprenais acide et arc-en-ciel, me les signalant sans les juger, à moi de choisir entre eux. Ainsi fait le hérisson montrant à ses petits tous les aliments, même les non comestibles, laissant à chacun le soin de décider de son propre repas. Je ne comprenais pas comment, après chaque offense subie, jaillissait, indomptable, ta gaieté ; je prenais pour de la docilité l'acharnement à ne pas se laisser humilier. Qu'est-ce qui me tourmentait : que tu fusses un homme bon ? Nous n'avons jamais parlé de ça.

« À l'occasion d'un de mes retours à la maison, peut-être pour Noël, nous nous disputâmes, à cause de mon arrogance, à propos des violences qui se produisaient dans les villes. Je les défendais, alors que lui se dérobait l'air accablé. Au beau milieu de notre débat, il baissa la voix pour ramener le calme et me dit : "Tu es d'une génération qui veut répondre à tout. Alors on vous le demandera et vous devrez répondre de tout."

« La dernière fois que je le vis ce fut au cours d'une de mes visites. J'étais déjà un assassin et lui avait perdu la vue, il ne me voyait plus. Il entra dans la pièce où j'étais en train de lire, il changea de souliers et sortit sans s'apercevoir de ma présence. Il se déplaçait dans la maison de mémoire. Je restai immobile pour lui éviter la surprise et les excuses qu'il m'aurait faites. Les aveugles vivent dans un état de pénitence impénétrable.

Je sentais que la seule aide que je pouvais lui apporter était de disparaître. Je dilapidais son héritage en peine et en silence. En tuant, j'étais arrivé loin de lui. Mon père qui ne pouvait plus me voir, telle était ma part : ce n'est pas lui qui avait été enfermé dans le noir, mais le monde et moi. »

Nous nous étions arrêtés à une tache d'ombre. Nous regardâmes le ciel où des nuages bas, très blancs, arrivaient par l'ouest Dans peu de temps l'automne serait dans la vallée. Nous décidâmes de rentrer pour éviter un orage probable. J'avais laissé les volailles picorer en dehors de leur enclos et je craignais pour elles.

Nous descendîmes d'un pas rapide. Tu étais silencieux, impatient d'arriver. La pluie nous cueillit à quelques minutes de la maison. Ce fut une averse violente qui embourba aussitôt le sentier. Nous entrâmes dans la maison les vêtements trempés, j'attisai le feu et ressortis pour rassembler les bêtes dans l'enclos. Quand je revins, tu avais étendu tes vêtements sur les chaises devant le feu. Je préparai à manger, tu fis honneur à tout, même au vin corsé que je gardais en réserve. Nous restâmes assis à table dans la pénombre d'un soir précoce. L'unique lumière venait de la cheminée devant laquelle fumait le linge mouillé. Nous regardions le feu.

« L'autre que j'ai tué a un rapport avec le premier. C'était cet homme qui m'avait servi de chauffeur dans cette action. Je l'ai tué et il était mon ami, il m'avait sauvé un jour. Je veux te raconter ça aussi.

« Nous étions entrés à quatre dans un appartement fréquenté par un groupe d'ennemis. Nous enfonçâmes la porte sans savoir combien nous allions en trouver. Ils étaient peu nombreux, à peine plus que nous. Sous la menace de nos armes nous les fîmes entrer dans une pièce. Dans les autres, après avoir ouvert les fenêtres, nous mîmes le feu avec de l'essence. Avant l'incendie, je vis dans un reflet huileux sur le sol toutes les couleurs de l'iris, un arc-en-ciel de raffinerie. Les moments de tension laissent à l'esprit des détails futiles et indélébiles. Aussitôt après nous nous retirâmes et je restai le dernier pour couvrir notre fuite. Il y avait de la fumée dans le couloir, j'étais à l'entrée prêt à m'en aller quand j'entendis un coup sec contre le montant de la porte, le fracas d'un tir, puis d'un autre. Je commençai à tirer moi aussi pour m'ouvrir un chemin vers le couloir et je m'élançai vers la fumée. J'étais saisi de fureur, une colère aveugle risquait de compromettre avec des blessés une action qui venait de réussir. Celle-ci se voulait la démonstration d'une force contrôlée, capable de servir d'exemple.

« Je me trouvai déséquilibré, retenu dans mon élan : c'était lui, il était revenu sur ses pas et m'avait attrapé pour m'entraîner plus loin. Je me débattis sous sa prise, il me criait d'arrêter.

Au milieu de cette confusion de flammes et de tirs nous échangions des coups violents et des ordres jusqu'à ce que, subitement, ma rage tombe sous le coup d'une étrange sensation : la situation était devenue comique. Ne sois pas étonné, la colère et le sens du ridicule ont des frontières bien floues en moi. Je suis toujours un homme du Sud dont la principale pudeur est le risque du ridicule. Au cours des actions, je n'avais pas peur de rester sur le terrain, d'être arrêté, mais j'avais des sueurs froides à la seule pensée d'une flaque, d'une feuille sur laquelle je pouvais glisser, d'un pot de fleurs qui pouvait tomber d'un balcon, en somme de n'importe quel accident susceptible de changer la situation en farce. »

Tu t'arrêtas. La pièce n'était que silence et vapeur. Il commençait à faire sombre, dehors la brume tombait rapidement. Tous les bruits étaient amortis. Tu t'approchas de la fenêtre.

« À présent que ce temps-là est passé je veux croire que le ridicule est aux aguets dans toute violence. Un rire convulsif se tient prêt à lacérer les nerfs d'un assassin. Si sa peine n'était pas autre chose que ça, une condamnation au dérisoire, cible d'un rire torrentiel, en rafales, en saccades, un homme ne consentirait pas à tuer. »

Après ces mots, le silence fut de courte durée. Au loin, dans le poulailler, éclata le crépitement d'appel des pintades qui se donnent le mot toutes ensemble vers la fin du jour. Leur bruit sec de mitraille, atténué par la brume, arriva comme un long rire mécanique, vulgaire, frénétique. C'est ainsi que toi et moi le ressentîmes. Tu sursautas, je te dis que le bruit venait de l'enclos. La cuisine dans l'obscurité exhalait ses vapeurs, dans la cheminée la flamme se ranimait. Tu te tournas vers moi, ton visage était éclairé par les vacillations de lumière du feu. Les rides affleuraient au coin de tes yeux, tes mâchoires serrées dessinaient des ombres et des creux sur tes joues. Tu regardais dans la pièce avec l'air de chercher quelqu'un dans une foule.

Lorsque le tapage de l'enclos cessa, tu avais les yeux pleins de larmes. Le vent résonna dans la cheminée et je te dis : « La brume se lève maintenant ». Alors, tu essuyas tes yeux avec deux doigts, le pouce et l'index, du même geste que pour se moucher, un geste rapide qui me parut avoir été exécuté tant de fois. Tu revins t'asseoir.

« Ce jour-là il me sauva. Peu après il quitta la vie clandestine. Personne ne l'avait fait avant lui. Les autres me demandèrent de le tuer, moi je me portai garant de lui : il ne trahirait pas. Je donnais ma parole et ils l'acceptèrent. Il commença à se droguer, il se trouva dans le besoin. Un matin je fus convoqué dans le bar d'une gare et la demande me fut renouvelée de façon plus pressante : les autres se sentaient en danger, mon ami savait beaucoup de choses. J'avais répondu de lui, cette tâche m'incombait.

« Je repense à ce matin-là : j'étais assis devant un autre homme, nous avions le même imperméable, nous laissions refroidir deux cafés crème. Une égale tension avait gravé dans nos traits cernes et rides identiques. Nous avions formé nos voix et nos bouches aux mêmes cris et à la lecture des mêmes livres. Nos gestes aussi se ressemblaient. Un masque sommaire s'était appliqué sur nos visages, la tranchée invisible qui nous suivait partout nous avait couverts de son uniforme. Nous étions en train de décider de tuer celui qui l'avait enlevé. J'éprouvai du dégoût à me reconnaître dans ce miroir humain en face de moi, oui, du dégoût, ultime avis des sens qui force la compréhension. Pour moi cette guerre finissait là. J'exécuterais ma tâche et puis je disparaîtrais. Ni lui ni les autres ne me retrouveraient plus.

« On part peu nombreux, on se retrouve en foule, puis les hommes se brisent et on se sent dépositaires de leur vie parce que la nôtre a été placée entre leurs mains. Je ne pouvais laisser mon ami drogué à la dérive. Je revoyais les moments vécus ensemble : angoisse, signes pour se comprendre au vol, intuition, chance, bouffées de soulagement. Cette vie aussi était à ma charge et je l'ai tuée. »

Pourquoi cette mémoire, cette mémoire de tout ? J'étais engourdi, je ne parvenais à entendre que peu de mots et alors, comment puis-je me souvenir ? Je lisais tandis que tu parlais. Je lisais les miettes de pain sur la nappe, les taches de vin, les gouttes dans les verres, tes mains croisées. Étaient-ce par hasard les mêmes mots que tu prononçais, était-ce la sténographie simultanée qui passait dans les fragments des choses environnantes ? Impossible de le savoir, à présent j'ai les mots, j'ai la fatigue qui leur lâche la bride. Ce fut la maison qui reçut ta voix, l'absorbant dans son silence poreux. C'est elle qui aujourd'hui la restitue.

« Je le rencontrai. Nous ne nous étions pas vus depuis des mois et il avait changé. Le visage amaigri, pas un nerf tendu vers l'ébauche d'un sourire. Sa voix était plus dure, plus forte parce qu'il entendait moins bien. Il touchait souvent son bras au niveau de son coude. Je lui proposai de passer quelques jours ensemble. Nous étions en novembre, nous pouvions aller au bord de la mer dans une de ces petites villes qui se vident hors saison. Nous serions tranquilles, je voulais lui parler de l'avenir, pour moi aussi la guerre se terminait, j'allais tout laisser tomber. Je lui disais tout ça et j'y croyais. Oui, je savais que ces mots cachaient un piège, mais il était encore loin, et avant, nous aurions une nouvelle rencontre. L'idée lui plut, j'essayai alors de nous mettre d'accord sur un rendez-vous. Je vis sur son visage la nausée que lui donnait ma façon de conclure, d'établir les détails d'un plan. La nausée de me sentir toujours identique : il ne cachait rien, on pouvait tout lire sur son visage et son visage n'avait plus ni défense ni expression. L'idée me vint que cette nausée pût être la forme d'une conscience. Je voulus malgré tout arriver à un accord. Il accepta en demandant quelques jours.

« Dès le moment où nous nous trouvâmes au rendez-vous fixé pour notre voyage, je devins son gardien. C'était le soir, il avait peu de bagages avec lui. Nous arrivâmes à une petite villa en bord de mer, logement qu'on m'avait prêté. Nous fîmes nos lits, nous allumâmes le chauffage pour chasser l'humidité. Il y avait une sorte de gaieté dans ces préparatifs. Il ne posait pas de questions, il regardait autour de lui discrètement, tel qu'il était au cours des actions que nous avions menées ensemble. Il avait une veine bleue plus accentuée au coin de la bouche, mise en affleurement par sa maigreur.

« Nous dormîmes la mer sous notre fenêtre, sonore berceau des nuits d'été de mon enfance. Le sel se colla à nos cheveux, à nos vêtements. Le mistral agitait fortement la mer, on ne pouvait pas sortir en bateau. Novembre avec les vagues au balcon : où irais-je, quelle fuite de la guerre serait la mienne ? D'abord en France, puis, si j'étais poursuivi, hors d'Europe ? J'en parlais un peu avec lui, un peu avec moi-même. “Je voudrais revenir une dernière fois à Ischia avant de m'en aller, lui dis-je.

— Pourquoi veux-tu arrêter ? me demanda-t-il en m'interrompant.

— Tu connais Ischia ?

— Non, pourquoi veux-tu arrêter ?

— Parce que nous avons perdu, telle est la réponse d'un soldat qui jette son uniforme. Pour ça je mérite le poteau, j'essaierai d'y échapper. J'arrête parce que j'ai raté l'occasion d'être meilleur, meilleur qu'avant, que lorsque j'ai commencé. Je suis pire et j'ai ressenti l'écœurement de ressembler à tous les autres, d'avoir le même visage, les mêmes gestes qu'eux. Ma colère s'est décantée en répugnance, c'est ce qui arrive aux vaincus. Toi, pourquoi as-tu arrêté ?

— Moi, j'ai cessé de vivre. Je vais à la dérive, un degré après l'autre, un trou à la fois. Je n'ai même aucun plaisir quand je la fais glisser dans mon corps, ce que j'aime c'est seulement vouloir le faire.

— Comment te la procures-tu ?

— Ça me regarde.

— Trafic ?

— Oui."

« Nous échangions des phrases, assis côte à côte, regardant l'écume d'un rouleau de vagues déferler sur le rivage. Après le repas je dormis à nouveau. À mon réveil je ne le cherchai pas, je restai au lit regardant la mer qui se calmait. Il était parti, me laissant un billet avec des phrases comme "Plus rien n'a de prise sur moi ; laisse-moi finir". Je me rendis à l'arrêt du car, puis à la gare. Il était devant la voie d'un train en retard. Il me vit du bout du quai, vint à ma rencontre, ne dit pas un mot. En voiture, il déchira son billet de train en petits morceaux et les jeta par la fenêtre.

« À la maison, sur la terrasse, un coucher de soleil rouge pointait au milieu des nuages et du vent. En le regardant, il dit que la lumière convergeait par bandes de tous les coins du ciel vers le soleil. Il dit qu'en ce moment même le soleil n'envoyait pas ses rayons mais les rappelait à lui. C'était un courant qui passait à travers le ciel et descendait vers le trou du coucher de soleil.

« Après dîner, il descendit au jardin. Les étoiles les plus distantes étaient visibles, petites lumières émergées des plus lointains amas. "Il manque une femme ce soir, me dit-il en rentrant, une femme qui pose la main sur notre bras, arrivant derrière nous alors que nous pensons être seuls." Je ne voulus pas relever cette confidence, je n'ai jamais aimé parler des femmes. Il serra son coude avec sa main. Je pensai qu'il appuyait ses doigts sur la trace du lien hémostatique, je pensai qu'une de ses veines était en train de gonfler. »

Il n'y avait ni peine ni soulagement dans ta voix lente. Tu étais venu raconter le mal, accomplir un acte de prise en charge, non de libération. Tu le disais, et cela te permettait d'en alléger le poids. Tu le disais à l'ami impotent qui voyait des mots écrits tout autour et n'entendait pas les tiens. Ce soir, moi aussi, je participe à un courant semblable à celui que ton ami découvrait dans le coucher de soleil. Je me sens appelé vers un point qui descend.

Tu poursuivais ton récit. Dans tes gestes de gardien d'autrui, je voyais la dissimulation, mais chaque homme sait, chaque bête sait. À la campagne j'ai vu tuer des animaux. La plupart, au moment de porter leur coup, déploient une force démesurée par excès. Ils ont peur de ne pas y arriver, ils exagèrent même s'ils sont habiles. Une vieille fermière avait par contre la juste mesure, presque légère, dans le tour de main qui brise la nuque du lapin. C'était un coup donné distraitement, les yeux absents du geste précis des mains. Elle exécutait le mouvement non seulement avec le minimum d'effort, non seulement avec ce que tu appelais du style, mais avec grandeur. C'était de la pitié, force lointaine, mais sûrement pas de la compassion. Pitié, sueur, pudeur de celle qui met au monde et supprime bêtes et enfants. Elle immolait ses lapins, le visage impassible sous une cascade de rides. Toi tu parlais et cet homme écoutait, sa main serrant son bras que plus aucune femme ne prendrait par surprise dans un jardin. La pitié que j'ai vue chez cette femme ne cachait pas son geste, ne l'atténuait pas. Tu ne la possédais pas.

Je versai du vinaigre sur la salade et quelques gouttes tombèrent sur mes doigts. Je le respirai en fermant les yeux.

«Je l'ai vu tomber sans même un geste de

défense, comme prêt pour une invitation. Ce matin-là, je me réveillai en sursaut. Il était debout devant la fenêtre. Une grande lumière inondait la pièce et son corps s'était placé entre la fenêtre et mon lit. Ce fut son ombre qui me réveilla. Je mis une main sur mon front pour me protéger de la réverbération et je dis : "Me voici.

— Mais je ne t'ai pas appelé", me répondit-il.

C'était une journée idéale pour faire du bateau. Nous mîmes le cap au large. Une légère brume, un air calme et dense nous séparait du monde. Après une demi-heure à bonne allure nous nous arrêtâmes, éteignant le moteur.

« Nous eûmes les gestes utiles : hameçons, plomb, appâts, lignes jetées, lui à l'arrière, moi à l'avant. Des vagues molles sans force léchaient doucement les bords de la barque. Pendant un long moment rien ne se passa. Nous n'étions pas ancrés et pourtant nous ne bougions pas, nous étions dans un endroit sans dérive. Je sentis le fil se tendre fortement vers le fond de la mer, je dégageai rapidement ma ligne. De l'obscurité montaient deux reflets blancs, deux d'un seul coup et je les tirai à bord. Deux poissons aux écailles brillantes scintillaient en sautant sur le plancher de la barque. Je le regardai : il fixait ma prise comme on peut examiner deux intrus. Il ne dit rien. J'ôtai l'hameçon de leurs bouches blessées et les jetai à la mer. Ils se précipitèrent vers le fond, mais la vessie de l'un se gonfla et il remonta à la surface le ventre à l'air, haletant dans le vide.

Il était midi. Nous retirâmes nos lignes et mangeâmes un morceau. Nous bûmes du vin rouge presque chaud, pour lui il y avait aussi du café que j'avais drogué avec un somnifère, l'unique chose que je m'étais procurée pour troubler sa vue au moment où je me lèverais et traverserais la barque.

«Je regardai la mer filer au-dessous de nous. La côte s'estompait dans la brume du plein jour. Les bruits étaient tous affaiblis, une détonation serait comme l'éclatement d'un petit ballon. Il me demanda si j'avais quelque chose pour l'estomac, il avait mal au cœur, il bâilla. Il dit que ce n'était pas le mal de mer, qu'il n'y était pas sujet, il bâilla à nouveau, puis eut un hoquet. Il s'allongea sur le côté et ferma les yeux, un dégoût pénible contracta son visage dans une grimace. La bouche ouverte, il cherchait l'air. Je traversai la barque, j'appuyai un coussin sur sa tête et puis, très vite, le canon du pistolet. Alors, d'une main, il prit un bord du coussin et le serra contre lui, comme s'il remontait une couverture. Le coup fut pareil au bruit d'une bouteille qu'on débouche, pas plus, l'air lourd l'absorba. Un peu de sang s'écoula, son souffle devint rauque, fort, sa tête se recroquevilla dans son cou, ses épaules se soulevèrent pour la recevoir et la mettre à l'abri de nouveaux coups. Je ne tirerais plus, entre moi et lui il n'y aurait que celui-ci. Je me hâtais d'attacher une ancre à sa ceinture pour qu'il ne remontât pas à la surface. Je transpirais et mon ami mourait au fil de l'eau. J'attendis sa mort. Je restai immobile près de lui, ayant fini de fixer le lest et vidé ses poches afin de ne laisser sur lui aucune pièce d'identité. Enfin, un frémissement parcourut la barque, si fort que les tolets des rames tintèrent comme des sonnailles. Je repensai soudain à la sonnette de l'école qui annonçait la fin de l'heure. Je le jetai par-dessus bord. Il flotta tandis que ses vêtements s'imprégnaient d'eau, puis je laissai tomber dans la mer l'ancre attachée à sa taille par une chaîne. Il coula la tête en bas, les bras ouverts, dans la position qui offrait le plus de résistance à sa chute. Il ne s'était jamais défendu.

« Durant le trajet de retour je jetai tout en mer, chaussures, coussin, argent, portefeuille, sans négliger la moindre précaution. Le jour était resté immobile.

« Je revins en ville, je pris mon léger bagage et partis pour la France. Pour moi cette guerre était finie. Je laissai les armes là où pourraient les trouver ceux qui voulaient continuer.

« Je m'en allai sans dissiper leur doute sur notre fuite commune. Cela s'est peut-être passé ainsi, j'ai pris cette vie avec moi, je la porte sur mon dos, moitié perroquet, moitié ange gardien. »

J'avais caché mon visage dans mes mains, je respirais du vinaigre. Le silence de la maison était total, tes paroles s'imprimaient en elle, non sur moi. Je désespérais de moi-même, incapable de retenir des voix, de secourir les amis. De tout ton récit je ressassais le geste de l'ami qui avait serré dans sa main un bout de la mort et l'avait appuyé plus fort sur sa tête.

Tu avais fini, tu te levas de table, te mis à laver les assiettes, à retirer le linge sec étendu devant la cheminée.

Tu ouvris la fenêtre. L'air propre, rincé par la pluie, entra. Nous le respirâmes, le retenant pour remplir nos poumons ; c'était un remède contre l'essoufflement de ces dernières heures. Les gouttes tombaient des volets à claire-voie sur la terre trempée, battant la mesure de leur crépitement. Nous l'écoutâmes un moment. Ce soir-là nous ne parlâmes plus. Nous nous serrâmes la main pour nous souhaiter bonne nuit.

Je restai éveillé à l'écoute de ton sommeil. De ma chambre je pouvais percevoir les moments où tu respirais plus profondément. Pendant ce temps, dehors, le vent soufflait dans les peupliers par brusques rafales qui gonflaient leurs feuilles dans un bruissement. Ainsi pensai-je que vous étiez deux moitiés d'une même respiration, la tienne et celle de la maison : toi qui aspirais l'air si fort dans ta poitrine et le vent qui le soufflait dans les arbres. C'est moi qui les ai plantés autour de la maison, j'ai creusé profondément, j'ai fait de nombreuses ouvertures dans la terre, enseveli des racines. Les peupliers ont poussé tout autour pour couper le vent, pour le remplir.

Tu respirais indemne, les morts ne venaient pas te poursuivre dans ton sommeil. Je n'arrivais pas à dormir, je sortis. Je tournai autour du poulailler, entre les cages solides des lapins. Les canards marmonnèrent à voix basse près de la petite mare que j'avais creusée pour eux. Tout était à sa place, bien en ordre. Le mal dont j'avais été le témoin ne laissait pas de trace, ne faisait aucun mal au monde, était normal. Là, s'arrêta cette pensée née de mes pas nocturnes et de la paix du champ. La suite m'échappait à ce moment-là. Le chien agitait sa queue contre le bois de sa niche en m'entendant approcher. La terre avait absorbé la pluie, quelques flaques gardaient encore la trace de l'orage. Je frissonnai dans le froid déjà mordant, Noël dans l'air, beaucoup de bois à ranger.

Je regardai dans le ciel les étoiles que je connaissais : le lynx, le petit chien, le taureau, le cygne, le dragon, tout le zoo fantastique. Là où les astronomes virent des formes d'animaux en reliant les points, moi je lisais les lettres de l'alphabet hébreu. Le chariot de l'Ourse était le *vav.* Orion était l'*aleph* et Cassiopée le *nun* et toutes les trois ensemble formaient la racine du verbe annuler. J'aimais les alphabets, matière première de l'infinie rédaction de mots qu'ils engendraient. Le ciel tournait comme une page, d'autres lettres montaient à la place de celles que je venais de lire. J'ai eu ainsi quelques nuits heureuses, quelques torticolis. Je revins à la maison pensant au lendemain, faisant des projets.

Ta chambre donne à l'est, le soleil te réveilla de bonne heure. Tu te souvins qu'il y avait un mimosa devant la fenêtre. « Il s'est effondré au printemps, te dis-je, un jour de vent violent. » Sa ramure était déjà pleine de nids, il projetait à terre l'ombre d'un nuage. Il gardait la chambre où mon père est mort et qui fut ensuite celle des amis. « Maintenant il y a beaucoup plus de lumière », dis-tu. Mais moi, tout en sciant la chevelure abattue, j'avais pensé : maintenant il n'y a plus d'abri.

Je venais de distribuer leur nourriture aux animaux et de ramasser les œufs. Tu gobas deux jaunes dans une aspiration rapide, en souriant. Tu devais repartir dans l'après-midi, nous sortîmes donc pour finir le travail que nous avions laissé. Les heures brillantes du matin avaient effacé celles du jour précédent. Seul le travail en souffrance me rappelait un récit, un orage. Nous reprîmes notre ouvrage interrompu, je te regardais faire. Ton front que deux rides parallèles sillonnaient en largeur, était lisse comme une feuille et formait une portée vide. Peu à peu le travail t'absorba, tes sourcils se rapprochèrent du centre de ton front vers l'attache du nez, dessinant un *u* traversé au milieu par une entaille verticale. Je reconnaissais le *psi*, la vingt-troisième lettre de l'alphabet grec, la plus pauvre du vocabulaire. Lorsque à table, j'observai à nouveau les traits de ton visage, ton front s'était détendu et la lettre désagrégée.

Tu toussas portant ton poing à ta bouche, puis tu regardas ta main. C'était le geste automatique de qui était passé par les fièvres pulmonaires.

« Elles commencèrent en France sur le chantier où nous démolissions les gradins d'un vieux stade. Nous travaillions à la masse et au marteau pneumatique. La journée passait sous ces coups que seul le déblaiement des gravats venait interrompre. Pendant la pause, je mangeais du pain et des raisins secs en m'allongeant pour regarder les nuages de France. Ils venaient de l'Atlantique, beaux, ressemblant encore à des vagues, par leur allure et leurs crêtes blanches. Ce fut là que pour la première fois j'eus un crachat taché de sang. Il finit sur le mur qui était devant moi, il était rouge, épais. Il formait une belle tache de couleur sur le gris. Je savais ce que c'était, depuis longtemps je toussais même la nuit. Je levai la masse et fis tomber ce mur. Après la lutte, mon déménagement et mon retour en Italie, j'ai soigné ma toux. Je suis allé à l'hôpital dans les Alpes. À cette époque je parlais avec un jésuite qui montait dire la messe le dimanche. Je ne sens pas la foi en moi, mais j'ai admiré les vies des hommes qui ont tenu les promesses faites dans leur jeunesse. En ces vies-là, j'ai eu foi. Nous faisions de longues promenades ; il y eut un automne, puis un hiver et enfin un printemps, je suis resté là-haut huit mois. À Pâques il y avait beaucoup de neige. Je l'écoutais parler, il se reposait de temps en temps dans un sourire, les yeux fermés. Je lui racontais mes histoires d'ouvrier. Une fois, m'appelant par mon prénom, il me dit que son Seigneur s'était plu à déposer ses dons en moi. Je réagis par un frisson à cet innocent blasphème, mais je ne bronchai pas. Il répéta cette phrase à plusieurs reprises, je ne répondais pas, dans sa voix douce passait une certitude invulnérable. Je guérissais, mon crachat redevenait blanc, ne tachait plus la neige fraîche.

« Je lui demandais si sur terre se manifestait un peu de cette justice qu'on attendait du ciel. Il répondait qu'à notre époque elle s'appliquait par des signes difficiles à comprendre. “Tu vois, me disait-il, le Seigneur fait tomber un tas de neige d'un arbre sur la tête d'un malfaiteur, et c'est tout ce qui lui arrive de mal. Il arrache les yeux à un homme honnête, le faisant avancer à tâtons dans le noir pour le reste de ses jours. Cette chute de neige est une punition légère, l'avertissement se cache sous la dérision. L'homme aveugle en revanche est averti au plus profond de sa chair que lui est impartie la charge d'une souffrance et le don de la force immense pour la supporter. Le monde repose sur sa patience. Le malfaiteur, quant à lui, n'est que timidement averti, car il se trouve à la périphérie de la sollicitude. Même s'il reste impuni, et même s'il est heureux, un voile lui cache le chemin du retour. Il connaîtra bientôt une nuit gelée où les portes seront fermées, où le monde lui semblera pétrifié, de la terre jusqu'aux étoiles." Je me souviens aujourd'hui avec tendresse de la voix qui, sur l'instant, me troublait. Je sais que je croyais en elle. Je me promenais dans les bois et aucune branche ne laissait tomber son tas de neige, je ne trébuchais pas maladroitement sur le pavé, je ne glissais pas sur la glace. Durant des années j'ai attendu la marque d'une dérision qui me fît signe.

« Personne d'autre ne m'a parlé de ces choses-là. Aujourd'hui je pense que ce temps fut celui d'un amour offert ; et je pense l'avoir reçu. »

Tu avais écouté ce prêtre la tête basse et tu m'en parlais dans la même position. Tu avais déjà abandonné la guerre. Tu sentais que cet homme te connaissait, parce que l'amour voit et pour cela se tait, il se tait aussi en parlant d'autre chose. Seul l'aimé peut reconnaître le fil parallèle du discours qui se déroule une ligne plus bas que la vérité et ne veut pas la toucher, ne veut pas empiéter sur elle, mais seulement l'accompagner. Tu avais connu l'amour ainsi. Mon imagination utilise ce mot, moi je n'en ai pas l'expérience. Je comprenais que ce n'est pas l'amant qui apprend l'amour, mais l'aimé, celui qui accepte d'être transfiguré aux yeux d'une autre personne. Tu m'apprenais une nouveauté sur l'amour, non pas celui qu'on éprouve, mais celui d'un autre par lequel on est mis à l'épreuve.

Tu partis ce jour-là, ta visite était terminée. Tu es venu d'autres fois, dans d'autres emplois tu as continué à être le dernier. « Quand on ne me renvoie pas pour quelque litige, il arrive que je m'en aille de moi-même. Quand on me propose de monter en grade, ça signifie que je ne suis plus un étranger, qu'on est prêt à m'accepter et à me considérer comme un membre actif. Pour moi cette offre marque le terme, je ne vais pas plus loin et je prends congé. Je travaille consciencieusement, mais je ne suis fait pour aucun attachement. Je ne prends part à rien, je ne vote pas, je n'économise pas, je ne joue pas au loto. Si je prends des vacances, c'est pour retourner sur les lieux de mon enfance, sur les côtes où j'ai nagé, ramé et que je connais de bout en bout. Je suis encore ému en reconnaissant chaque fois ces lieux gravés dans ma tête, comme lorsque mon père sortait des images du tas de reproductions. »

Nous ne parlâmes plus de cette visite, de ces récits. À la lumière du feu remontent les derniers souvenirs de ta voix, fatiguée et couverte de rouille. Tu as les cheveux blancs, les dents cassées, je ne vois rien d'autre. Je t'avais proposé de rester chez moi, de t'arrêter un moment. Tu as refusé, ce n'était pas ta manière de finir ta vie, en comptant sur une aide. Tu étais pauvre, tu ne devais pas manger tous les jours, je ne sais où tu dormais. Tu parlais d'autre chose, tu racontais des histoires de tes fatigues.

« J'ai vu se lever et tomber le jour alors que j'étais déjà au travail. Derrière les rideaux de tôle d'un chantier, à travers les petites fenêtres opaques des usines, en sortant des tours de nuit ou bien en les commençant avant l'aube. Je n'y faisais pas attention, ces couleurs éteintes n'étaient qu'ombres indifférentes, jours tombés l'un après l'autre comme la file indienne des aveugles peinte dans un tableau de mon enfance. C'est à peine s'ils avaient un frisson de résistance avant de rouler dans le vide du sommeil. Je m'efforçais d'éprouver de la pitié pour mon corps, je n'y parvenais pas. Tout sentiment envers lui était un abus de confiance. Pour moi il n'a été qu'une bête sous le joug. À moi qui le fatiguais, il a opposé une patience aveugle, se pliant à tous les jours que je lui ai donnés. Je ne peux pénétrer sous son écorce, tout effort le transforme et le maintient à distance. Je tressaille parfois lorsque je sens la mort trafiquer à l'intérieur, mais ce n'est qu'un sursaut de l'esprit. À tout moment le corps est prêt à fondre, chaque jour est prêt à accueillir la vie et la mort de la même main. Il est plus ancien que moi et n'a même pas été le mien, moi je ne suis que le dernier de ses hôtes. Je n'ai pas honte de la manière dont je l'ai traité ni de ce que j'ai fait. »

Comment feras-tu pour vivre maintenant que tu es fatigué, comment feras-tu pour mourir ? C'est la question que je te posai avec insistance pour te retenir une dernière fois.

« Une nuit d'hiver où il fera très froid, je resterai dehors pour dormir. Ce sera quand je n'aurai plus la force de gagner ma journée. Ce sera bientôt. »

Un matin de cet hiver-là je trouvai la mare gelée.

Je suis sur un banc d'école, en train de faire un devoir. Tu viens regarder derrière mon dos et tu me montres du doigt une erreur. Alors je me retourne et je te vois, mais tu n'es plus un enfant, tu es un homme âgé, rentré d'Afrique, tel que tu étais à l'arrêt du car où nous nous sommes quittés la dernière fois. Entre ces deux points il y eut notre amitié, préservée dans les longs intervalles de tes visites. Tu respirais la gaieté, ta voix était troublante. Tu la contrôlais avec mesure et ton application à la modérer la rendait encore plus vibrante. C'était une voix de prédicateur, intense et sonore, de cette espèce rare qui refuse toute emphase, bien que bouillonnante de tensions et qui, plus elle se contient, plus elle enflamme celui qui l'écoute. Elle devenait métallique sous le coup d'un enthousiasme réprimé. Voix de qui pourrait entraîner avec soi églises et places, mais qui, chez toi, par sa nature particulière, appelait à partager de la joie. Au milieu de la foule bruyante à la sortie de l'école on remarquait ton timbre sonore même si tu ne criais pas. Ce n'est pas toujours la voix la plus forte qui s'entend le mieux.

Tu étais doué pour la métrique latine. Le professeur te faisait lire les distiques devant tout le monde et tu ne ratais pas un accent. Tu disais qu'il suffisait d'un peu d'équilibre et qu'ensuite il était facile de courir sur les vers. Ta voix chantait de la syllabe longue à la brève, rapide et sûre comme les pas d'un petit gamin courant sur les rochers.

L'été, quand nous étions enfants, en attendant notre mois à Ischia, fraîchement promus, nous allions faire nos premières baignades sur le littoral qui descendait vers la mer par couches de tuf jaune et râpeux, en pensant aux plages moelleuses de l'île voisine. Tu marchais sur le sol de pierre rugueuse et bouillante, tu sautais sur la roche comme si tu avais des souliers. Par contre, moi je te suivais d'un pas endolori, ressentant toutes les aspérités du sol. Mes os pointaient sous mes pieds, marcher sur le tuf était une torture qui m'arrachait des invocations de miséricorde dont tu souriais. Enfin arrivait le mois de l'île. On restait ensemble sur la plage, à dix heures on mangeait du pain à l'huile avec de la tomate écrasée. On se baignait après le passage du bateau. Ta mère, avec son maillot à fleurs, un chapeau de paille sur la tête, longeait les rochers avec son épuisette et rapportait dans son seau, nageant, bien vivants, des crevettes, des crabes, des petits poissons que nous apprenions à désigner par les noms que leur donnaient les pêcheurs.

L'après-midi, dans la pinède, les cris des jeux étaient couverts par le vacarme des cigales. À cinq heures nous prenions notre glace. Il y avait une heure pour chaque chose et nous les attendions, essayant de les anticiper par nos réclamations, impatients de toutes les joies de la journée. Tout arrivait en temps voulu. Les années se sont succédé jusqu'au moment où nous avons été prêts à faire nos choix. Pour ma part, je me suis arrêté à cette étape et sans mes amis, je ne me serais pas aperçu qu'un monde entier attendait quelque chose de nous.

Lors d'une de nos soirées à Ischia, en rentrant après avoir eu l'heureuse permission d'aller manger tout seuls une pizza à Ponte, nous regardions au-dessus des balcons le ciel le plus sombre de notre vie, où brillaient les étoiles les plus lumineuses. Nos yeux, grands ouverts, regardaient vers le haut, dans nos nez pénétrait le gaz des nuits d'été qui monte des rues bordées de lauriers-roses. Il n'y avait pas de feux, la lumière venait du précipice des cieux et des barques en mer. Nos pas sur les cailloux, les grillons dans les potagers : le noir nous faisait taire. Le futur était alors un devoir et vous vous sentiez appelés à l'accomplir, quel qu'il fût.

Souvent j'ai regardé de mon champ le ciel sans lune. Il n'a jamais été aussi sombre et étoilé qu'il le fut au-dessus de nous, le souffle court et les yeux pleins de cendre de feux mourants.

Tu me parlas des signes de ta vocation.

« Il y eut un moment au cours de mon enfance où j'ai eu pleine connaissance de moi. J'aimais monter aux arbres et dans notre jardin à Ischia il y avait un grand caroubier. J'y grimpais en cachette aux premières heures de l'après-midi, je restais sans bouger sur une branche large, commode, et la procession des insectes passait sur moi. Je demeurais immobile, pas comme un rocher, mais comme une branche, répondant au vent. Blotti là-haut, j'entendis quelqu'un se présenter à moi en disant : tu es celui-ci. L'annonce laissée en suspens demeura gravée en moi. Je m'en souvins lorsque arriva le moment d'un second appel. C'était mon avant-dernière année d'école, l'été qui précédait la troisième du lycée. C'était à la même heure de l'après-midi, quand, de retour de la mer, on s'étendait au frais. J'étais à l'ombre d'un vieux figuier chargé de fruits et je lisais pour la première fois l'Évangile de Jean. C'était le passage que depuis lors je cite de mémoire, où l'on parle de la constitution du premier noyau de disciples et où on lit : “Pendant ce temps Jésus, voyant venir vers lui Nathanaël, dit de lui : Voici un véritable Israélite, en lui il n'y a point de fraude. Nathanaël lui demanda : Comment me connais-tu ? Jésus lui répondit : Avant que Philippe ne t'appelât, je t'ai vu quand tu étais sous le figuier. Nathanaël lui dit : Rabbi, tu es le fils de Dieu, tu es le roi d'Israël. Jésus lui répondit : Parce que je t'ai dit que je t'avais vu sous le figuier, tu crois ? Tu verras de plus grandes choses que celle-ci.”

« Comme si j'étais moi-même Nathanaël, je me sentis regardé de très loin. De ce moment je suis entré dans la foule de ceux qui ont la foi. Moi je crois non parce que je vois, mais parce que j'ai été vu. Un œil se trouve derrière d'antiques paroles et attend celui qui soulèvera sa paupière. Je posai le livre sur mes genoux et prononçai mon nom. Nul ne m'avait jamais parlé aussi directement, ne m'avait voulu aussi sûrement. Permets-moi de t'assurer de cette conviction. Même si cette circonstance pour toi n'est rien de plus qu'une coïncidence, il existe des appels dans la vie de chacun qui ont plus de force qu'une évidence. J'éprouvai de l'enthousiasme et de la honte, deux états d'âme qui se succèdent souvent en moi. Je devais me garder de la présomption de celui qui se sent appelé, choisi parmi beaucoup d'autres. La vanité ne consiste pas tant dans le projet qui pour moi était de répondre à l'appel, devenir prêtre missionnaire, mais plutôt dans le premier pas que chacun fait vers son but. L'enthousiasme d'être appelé céda vite à la honte de m'en croire digne : en cette heure il ne s'était accompli qu'une formalité du destin, rien de plus qu'une consigne.

« Je me sentis appelé, mais appelé au-dehors. J'étais en queue de liste de personnes auxquelles il fut demandé de se démettre de leur charge de simples individus pour devenir un résumé de tous. À l'ombre d'un figuier, aux premières heures d'un après-midi d'été, je prononçai un nom, le mien, que j'allais bientôt abandonner. Je me ferais appeler père Nathan. Là-bas je devins père Natana, qui dans la langue swahili veut dire rester en adhésion, demeurer fidèle. Telle fut cette annonce pour moi. Je dévoilai à mes parents mon intention d'entrer en religion, j'opposai à leurs objections un entêtement muet. Quand les raisons sont aussi fortes que des visions, les dire c'est comme les effacer. »

Tu avais toujours eu besoin d'être pris au sérieux. Tu étais blessé par le manque d'égards des adultes envers les jeunes, ce qui était normal à notre époque. Tu te désolais si tu te trompais et si quelqu'un pouvait t'adresser des reproches. Pour beaucoup ton caractère péchait par excès d'amour-propre. Je ne le pensais pas : tu avais en vue des modèles difficiles. Tu avais cette application constante qui finit par transformer une personne en la rapprochant de ses idéaux. Parmi ceux de ton âge on remarquait ta détermination d'adolescent qu'accompagnait pourtant toujours ta cordialité.

Tu faisais partie de l'Action catholique.

« Nous occupions depuis peu un nouveau siège qui servait avant de dépôt de fromages. Malgré le blanchiment à la chaux, il resta longtemps dans l'air une forte odeur dont nos vêtements s'imprégnaient. À mon retour à la maison, ma mère fronçait le nez comme un lapin et me reniflait. Je voulais devenir pasteur d'âmes ou pasteur sarde ? J'allais à l'église ou dans une fromagerie ? Elle se moquait de moi : si au moins tu m'apportais une *caciotta**. Pour son anniversaire je lui offris au lieu des fleurs habituelles un *provolone*** et elle me demanda aussitôt si je l'avais fait moi-même. »

Je revois ta mère : elle entrait à cinq heures dans la pièce où nous étions en train d'étudier pour nous apporter du thé. Son image se fond dans les arômes de cette pause. Ta chambre au contraire sentait l'encre, tu utilisais stylos et encriers. Nous étions déjà dans le secondaire quand les stylos à bille furent autorisés, même si nombre d'enseignants en désapprouvaient l'innovation. Toi, tu continuas à te servir de stylos. Je ressentis moi aussi cette nouveauté comme une perte de valeur. On s'attache à des usages en leur conférant une dignité sans le savoir et quand une commodité nouvelle vient les supplanter, elle semble les appauvrir. Il faut du temps avant que la nouveauté ne perde son apparence suspecte de billet de banque fraîchement imprimé et n'acquière une sorte de seconde peau, l'authenticité consacrée par l'usage.

Nous passions l'après-midi à étudier sur ta table encombrée de cahiers et de livres. Nous ne faisions rien d'autre, il n'y avait pas de

* Fromage de brebis, tendre, de forme ronde.
** Fromage de vache, cru, à pâte dure, doux ou piquant.

distraction, pas même la possibilité de donner des coups de pied dans une balle pour se dégourdir. Il n'y avait pas de place pour le faire ni dans la cour ni dans la rue. Aux pénuries de notre ville venait s'ajouter le manque d'espace, de liberté à se mouvoir. Le monde autour de nous était compact, déjà tout occupé. À l'école, durant l'heure de gymnastique, nos vêtements se froissaient et nous remontions dans nos classes en nage, soucieux de nous rendre présentables pour ne pas fâcher notre professeur. Tu prenais la couleur d'une pomme d'api, rouge foncé et pendant toute l'heure qui suivait, tu avais l'air essoufflé. Tu étais comme maintenant : petit, fort avec des gestes mesurés. Ton dos, je le voyais depuis les bancs du fond, était large, souple, et tu te baissais rapide, léger.

Vinrent les années du séminaire. Nous échangeâmes nos premières lettres. Tu étudiais dans un village du Nord, tu regardais la neige par la fenêtre en pensant à ta terre de mission où la chaleur était constante. Tu écrivais : « D'ici je me sens prêt à dire la messe aux esquimaux. Pourquoi ne pas avoir mis le séminaire en Sicile ? »

Je te vois le jour où tu vins me trouver. Tu avais été ordonné prêtre, tu portais la soutane noire tombant jusqu'aux pieds sous le soleil brûlant de l'été. De loin, tu enlevas ton chapeau et courus à ma rencontre, tenant dans la main les bords de ta robe. Ta bonne tête cramoisie, ton corps puissant qui sautait sur le sentier caillouteux, ton chapeau agité pour me saluer, ta voix limpide qui disait mon nom : tu apportais le bonheur. Nous nous embrassâmes, je touchai ainsi pour la première fois ce tissu sombre sous lequel se sont ensevelis les hommes de l'Église, vêtements faits pour gommer les corps. Pas le tien : il s'en échappait de larges poignets, un cou de taureau sur des épaules exubérantes qui tiraient sur les coutures. Tes formes sautaient hors du noir et le faisaient même sembler beau. Comment vas-tu, comment te sens-tu maintenant, les questions, le verre de vin frais, la réponse : « J'y suis, je suis arrivé à mon départ. »

Tu m'avais apporté une Bible en cadeau. Je n'ai jamais été croyant, l'émotion initiale m'a toujours fait défaut, pourtant j'ai souvent lu ce livre. J'avais l'édition que m'avait laissée ma mère et dont elle avait feuilleté jusqu'à l'usure la partie du Nouveau Testament. Pour cette raison, je lisais l'Ancien Testament qui était la partie la mieux conservée du volume. Mes doigts ont suivi les lignes tant de fois, jusqu'à les effacer, ne laissant que quelques pâles caractères. J'ai souvent pensé avec nostalgie que les générations se sont transmis ce même livre dont la lecture s'appauvrissait chaque fois davantage, comme si un doigt unique, parcourant le même exemplaire, en effaçait lentement les lignes. Tant de fois effleuré : la somme de si nombreuses caresses est une abrasion. Mais avant son accomplissement total une génération de fidélité tente de retracer toutes ces précieuses lettres usées. En de nombreux endroits elle devra les reconstituer par l'imagination. La loyauté la plus intense, dans son audacieuse restauration de l'irréparable, frôle la contrefaçon. Cette nuit, cette pensée ne m'attriste pas, je ne redoute plus la disparition de l'original : maintenant j'y vois l'œuvre d'une providence qui, à travers notre cécité, réécrit son livre. Ainsi la perte a une relation d'échange avec l'acquis, les mots disparus affleurent à nouveau ailleurs. C'est ce qui arrive aussi à notre vie, un doigt qui glisse sur une feuille, l'use tout doucement et dans notre demi-sommeil nous pensons qu'il s'agit de notre respiration. Nous sommes cette écriture qui pâlit, mais la vie, la forme dont chacun a dit avec orgueil : « C'est la mienne », est au contraire la feuille qui demeure au-delà de nous, retrouvant sa blancheur. Et elle n'est à personne.

Je te montrai la nouveauté de ma campagne, nous nous promenâmes au milieu des arbres fruitiers plantés depuis peu : le poirier et le griottier étaient couverts de fleurs blanches et inodores. Tu posais de nombreuses questions pour acquérir des notions qui pouvaient t'être utiles. Tu partais comme missionnaire en Afrique de l'Est, dans un de ces pays à l'indépendance récente. Tu y es resté plus de vingt ans. Sur l'atlas tu me montras la zone où tu te rendais, juste au-dessous de l'équateur. « Ce sera toujours l'été, dis-tu, comme à Ischia. »

Là-bas il n'y avait pas de figuiers, et tu étais loin de la mer. Dans tes premières lettres tu écrivais que l'air n'avait pas nos brumes méditerranéennes : même à midi, en levant les yeux vers le sommet d'un arbre, tu trouvais le ciel limpide, étranger au feu qui emprisonnait la terre.

« Je suis allé voir l'océan. Sur le rivage les corbeaux voltigeaient, leurs ailes immobiles. Pour qui se souvient de notre mer blanche, bruissante de mouettes, ce noir tranquille contre le ciel a quelque chose d'étrange. Les étoiles ont changé ; le soir, basse sur l'horizon, on voit la Croix du Sud, étoile fixe de mon nouvel hémisphère.

« J'apprends à surveiller les phases de la lune, je tente de m'orienter en cherchant le point d'horizon de ta maison. Sur le banc de pierre du village, sous un amandier indien où je passe la soirée en parlant la belle langue de ce pays, je me tourne vers ta terre. Elle se trouve au-delà du puits, au-delà du pont, au-delà du dernier arbre que je peux voir. J'aime à penser que si je ne me mets pas en route pour venir te voir c'est parce que j'ai beaucoup de choses à faire ici, non parce que j'habite à sept mille kilomètres au sud.

« Je commence à faire mes premiers jeux de mots dans la langue locale, ils ont du succès. Rire est pour eux la plus belle courtoisie. J'essaie de traduire des proverbes napolitains : *punda mzée anakùfa katika nyùmba ja mtu mjônga*, le vieil âne meurt dans la maison de l'idiot.

« Le vent soulève la poussière de la plaine pendant des jours, le ciel devient jaune, ligneux, et les yeux s'emplissent d'échardes. Les termites ont mangé les livres que je gardais dans ma valise. À leur place j'ai trouvé de la bouillie, une farine sale. Dans cette terre, la matière est pressée de devenir poussière. Cela touche aussi le fer, les routes, les vêtements : ils se défont sous l'usure du soleil, du vent. Ces jours-là, je frotte mes yeux fatigués par la poussière, je les lubrifie de mes larmes. Il fallait qu'elle me tombe sur le dos par trombe pour que je m'en rende compte : la poussière qui s'élève comme une âme du sol est le stade final de toute la matière, c'est son infini. Dieu en pétrit Adam car elle est éternelle, comme son souffle. Cette pensée me la rend plus supportable. Je suis en train de creuser un puits, bientôt je pourrai la chasser, faire partir un peu d'éternité. »

Je lève les yeux au plafond et j'arrive à imaginer où se trouve, au-delà des poutres, les nuages et les éclairs, le chariot de la Petite Ourse, l'étoile Polaire qui montre toujours le nord. Nos cieux opposés avaient leurs clés dans la voûte.

Tu fus envoyé dans une mission sur le haut plateau ; on y accédait à travers des forêts. Tu partageais ton service avec un missionnaire plus âgé, homme expérimenté, épuisé par le paludisme. La région qu'on vous avait confiée était très vaste. Le dimanche vous célébriez l'office dans votre église, un hangar au toit de tôle. Vous faisiez le tour des villages à dos de mulet pour dire la messe dehors, à l'ombre des arbres. Tu écrivais : « Les arbres d'un village sont des places. On connaît leur âge, sous leur ombre on fait du commerce, on dit la messe, on tient conseil. On s'y abrite même quand il fait nuit. On est sous leur ombre comme dans la trace d'un sillage. »

Un jour, on vous vola votre mulet. Tu fus indigné, tu menas des recherches en répandant la nouvelle. Le vieil homme ne se fâchait pas, il tentait de te résigner à cette perte en te citant le vers de Qôhélet : ce qui fait défaut ne peut être compté. Vous vous en passeriez, tout irait bien quand même. Tu t'entêtas et menaças si fort qu'une nuit le mulet fut remis à sa place. Le vieil homme s'en réjouit comme s'il n'en avait jamais eu. « Lorsqu'il vit la bête il prononça une bénédiction : "Béni sois-tu Seigneur de l'univers qui, de la même main, retire et donne". Il disait des bénédictions en toute occasion, en guise de remerciement ou de vœu. J'aimais ces phrases qui avaient une familiarité avec Dieu et qui, sans le prier, l'invitaient à offrir une aide, un prodige. J'appris moi aussi à en dire. Le bien souhaité était ainsi appelé à se manifester, exhorté à exister. Le monde ne m'étonnait pas, lui qui, brusquement assailli comme une brise par une bénédiction, se pliait docilement à accueillir ce bien annoncé. Il faisait de moi un saltimbanque qui suscitait le sourire d'un parterre invisible. »

Tout le monde aimait le vieil homme, mais à ton arrivée il fut encore mieux considéré. De nouveaux dons arrivaient des villages à la mission. Ils appréciaient ta forte carrure, signe certain d'une faveur divine. Une femme te fit cadeau d'une couverture, mais le vieil homme te conseilla de ne pas l'accepter.

« J'étais plein de vigueur en ce temps-là et dans ces régions le vœu de chasteté relève plus du conseil que de l'ordre. On était indulgent pour un homme seul au milieu d'un peuple qui ne comprenait pas cette exigence. Il arrivait même qu'un missionnaire fût mieux accepté par la population s'il consentait à prendre une femme avec lui ; il levait ainsi un obstacle à son œuvre de mission. Le vieil homme m'expliqua tout ça et m'avertit des conséquences qu'il y avait à accepter des cadeaux personnels. Il me dit de choisir en connaissance de cause, de ne me sentir lié ni par mon vœu ni par lui. J'avais détourné mes pensées des femmes. Une autre forme de vie que celle choisie me traversa l'esprit. Je la repoussai, respectant mon vœu. De ce moment, je n'acceptai que les dons indispensables pour nous et notre église. La chasteté que tu connais peut-être n'a pas été pour moi une privation, mais le préambule d'une liberté. Ma vocation à servir m'entraînait bien au-delà des désirs, des intérêts personnels. Se dépouiller de soi, telle a été ma conception de la liberté. Il ne s'agit que de mon expérience. J'ai connu dans ce pays des hommes pieux dont le service s'est renforcé grâce à leur liaison avec une femme de leur terre de mission. Ils ne scandalisaient personne, au contraire, on les aimait bien. Chacun apaise son corps comme il peut, on ne peut mentir à sa propre chair. Nous avons accepté une loi si riche d'interdictions qu'il n'est pas possible de les respecter toutes. C'est un catalogue détaillé de la perfection, donc impossible à réaliser. »

Je connaissais l'absence de femme, mais ce fut par manque de désir et non par renoncement. À la suite de cette fièvre de mon enfance, un sommeil de mon sang m'a gardé à l'abri des désirs du corps. Des hommes comme moi sont des impasses de l'espèce.

Au bout des cinq premières années, tu revins pour quelques mois. Tu prenais tes congés à ce rythme-là, choisissant la saison chaude pour ne pas rencontrer l'hiver que tu avais oublié. Tu avais plutôt l'aspect d'un mercenaire que d'un prêtre. Tu étais encore plus fort, épaissi dans toutes tes fibres. Tu me donnais la main sans la serrer, et rien qu'ainsi je la sentais compacte. Notre ouvrage quotidien terminé, nous nous asseyions sur le banc de pierre devant la maison. Pour te reposer tu te mettais accroupi sur tes talons. Tu te relevais de cette position sans le moindre effort. Dans ta baraque tu n'avais pas de chaises, tu avais appris à te reposer ainsi. Une telle position m'aurait donné des crampes jusque dans les oreilles. J'ai souvent été affligé de ces contractions dans les parties les plus diverses de mon corps, du gros orteil à la mâchoire. Tes pieds étaient massifs, une cheville large les rattachait à ta jambe. Tu les étendais sur la chaise devant toi, j'en voyais les plantes durcies, ouvragées, qui au repos montraient leurs plissures de sourire. Tous ceux qui t'hébergeaient admiraient cette conformation, ils estimaient celui qui foulait la terre d'un pied aussi ferme.

« Dans leurs jeux, dans leurs danses, ils miment les batailles en cherchant le point faible vers le bas. Ils essaient de frapper jambes ou pieds, car un boiteux est plus vulnérable à leurs yeux qu'un aveugle, qu'un manchot. Celui qui se déplace avec difficulté est une bête perdue pour le village en marche. Les nomades honorent les pieds et haïssent les serpents. »

Durant les heures chaudes de la journée nous nous asseyions au frais. J'avais toujours quelque chose à repriser et une question à te poser. Tu m'expliquais la difficulté de faire admettre l'Évangile à des hommes qui pourtant étaient disposés à écouter les histoires. Un chef de village ne voulait pas démordre de son récit sur l'origine du monde que lui avaient transmis ses ancêtres. Aux six jours de la Création, il préférait l'image d'un tourbillon et te montrait une trombe de vent pour t'en donner un exemple. Tu n'insistais pas pour imposer ta version. « L'univers parle aux hommes de multiples façons. À certains il fait voir des tornades, à d'autres la nuit où la première voix dit : que la lumière soit. Un homme ne peut s'arracher à son récit, le christianisme n'est pas venu pour effacer les histoires, mais pour leur donner une autre fin. »

Vous aviez un potager, un verger, un élevage, mais vous ne parveniez pas à être indépendants de votre maison mère en Italie. Après toute une série d'échecs, force vous fut d'admettre que l'apostolat n'avait rien à voir avec une entreprise et ne pouvait se passer de l'aide extérieure. En ces années-là, de l'avis général, les missions devaient se suffire à elles-mêmes. Il leur fallait aussi devenir un exemple d'activités fructueuses, stimulant l'esprit d'imitation. Mais les gens n'imitaient pas : même les plus brillants résultats obtenus par des Blancs étaient à leurs yeux les fruits d'un privilège inaccessible. Ils se dispensaient ainsi d'introduire des nouveautés dans leur système rural qui n'était pas que semailles et récoltes, mais vie tout entière, remplie d'arbres aïeuls et de champs magiques. Après des années d'essais et de reproches que vous adressait le siège central, tu écrivis une lettre péremptoire : « C'est à vous de nous entretenir. Si vous ne nous croyez pas capables de nous en tirer, renvoyez-nous chez nous et envoyez-en d'autres, de meilleurs. » Tel était le ton de ta lettre et tu t'échauffais encore en pensant aux critiques qu'on vous adressait. Ils assurèrent donc votre subsistance, vous étiez des apôtres, pas des pionniers.

Je te demandais si tu pensais à l'Italie, si tu en avais des nouvelles.

« On ne pense pas à l'Italie. La terre de mission absorbe tout et ne permet pas la nostalgie, pas même sous forme de curiosité. Nous sommes des émigrants de l'espèce qui, même fortune faite, ne rentrent pas chez eux. Je reconnais la différence entre nous et ceux qui fuirent la misère : nous sommes partis par libre choix, si l'on peut ainsi définir cette vocation. Mais nous, tout comme d'autres émigrants, nous avons porté en Afrique non seulement la bonne parole, mais aussi le travail italien. Chacun de nous est agriculteur, mécanicien, maçon et souvent les trois à la fois. Nous nous sommes rendus utiles comme nous n'aurions pu le faire en Italie. En cela nous avons des traits communs avec les émigrants. Mais ce n'est pas le fruit de notre labeur qui justifie une moitié de vie passée sous l'équateur, c'est l'apostolat. Notre travail a servi à soulager fatigues et peines, c'est sûr : creuser des puits, soigner, vêtir sont des choses appréciables en soi. Mais ce n'est là que réconfort, tout autre est la preuve qui m'a justifié. »

Est-ce que tous les missionnaires arrivaient à vivre là-bas ?

« Pas tous, la vocation ne suffit pas. On arrive dans un endroit auquel on s'est préparé mentalement, mais auquel aucun exercice ne forme par avance. Il faut y vivre pour savoir si l'on est capable de rester. J'ai vu des hommes pieux et honnêtes flancher jour après jour, se laisser aller doucement à de petites négligences, à la maladie. C'est une terre exigeante, elle nous réclame tout entiers. Si l'on garde quelque réserve, quelque nostalgie, elle y dépose ses œufs et là germe l'échec. Avant qu'une terre ne devienne la nouvelle vie on passe par un vestiaire où l'on se dépouille. Nul ne peut servir d'aide, d'exemple à autrui. C'est un devoir qui revient à chacun, fait d'orgueil et de découragement, soutenu par une foi qui semble ne jamais suffire.

« J'ai entendu parler d'hommes qui se sentent citoyens d'un pays quand ils en aiment une femme. Certains d'entre nous sont devenus du lieu lorsque la maladie leur a fait frôler leurs limites. La fièvre tropicale est un curetage qui atteint l'âme, sert d'antichambre à une terre indifférente qui, de la même main, offre la vie et la mort. Les nuits de délire aident à s'enraciner.

« Dans notre espace réduit, un grabat, un seau pour se laver, on arrive à mépriser le confort. Dispersés à la périphérie du monde, on se sent au centre de sa propre vie. Puis, un jour de grande fatigue et de faible résultat, on ôte ses vêtements imprégnés de notre sel, de l'odeur que seule une épouse pardonne et au lieu de baisser les yeux, un frisson de fierté parcourt notre échine. Notre épine dorsale se redresse, notre cage thoracique se dilate, on respire à fond, on est devenu homme de Dieu. »

Malgré la distance, nous échangeâmes une correspondance suivie. Je relisais tes lettres jusqu'à les connaître par cœur ; à Noël je t'envoyais des figues sèches et un gâteau. Ils ne te sont pas toujours parvenus. Plus de vingt ans s'écoulèrent pour nous. Mais quel en fut l'instrument de mesure, le battement du pouls, la page tournée le soir, les lunes ? Certes, quelque chose minait nos forces, préservant nos sentiments, mais ce n'étaient ni les jours ni les saisons, c'était le dos de la main qui essuyait notre front en sueur, c'était le geste exécuté chaque fois dans le même sens. C'est le sens, non les jours ni les années, que je reconnais au temps, comme au poil du chien, au courant, au sommeil. J'ai vu vieillir mes arbres, décliner la plénitude de leurs floraisons : j'ai vu passer mon champ, pas les années.

Tu revins une dernière fois, au terme de ton temps de mission. C'était en mars, pour Pâques, tu mourus l'hiver suivant. Tu étais fatigué, mais encore robuste. J'avais préparé ton plat préféré, les aubergines à la parmesane, et j'avais fait mon gâteau à l'orange et aux germes de blé. Tu étais raide dans tes mouvements, les gestes les plus simples te demandaient un effort. L'après-midi tu te reposas et nous nous retrouvâmes à l'heure du thé dans la cuisine. Par la fenêtre nous voyions les arbres déjà couverts de bourgeons, terre dans son tout premier éveil. Nous étions vieux et le printemps apportait un frisson qui n'était pas celui d'une exubérance. Pour moi, chaque année, le désir de recommencer le travail en plein air n'était que plus fin de saveurs et plus lourd de craintes. La pause hivernale affaiblissait les forces, elle ne les préservait pas. Au contraire, le printemps était pour toi la saison sous-entendue qui avait précédé une fois pour toutes celle de l'Afrique. Parfois la nuit, après les grandes pluies, un frémissement et un ciel brillant t'annonçaient à toi seul que passait en courant, pour quelques heures, le printemps rapide, aussitôt essuyé par le jour. « Alors je faisais comme à Ischia : je reprenais mon souffle, le retenant le plus longtemps possible, puis je le laissais échapper comme le gaz joyeux d'une bouteille. Sur les matins tout ébranlés par l'ouragan, soudain se levait un nouveau soleil et je pouvais entendre pendant une minute entière le tapage de la lumière qui déferlait. Sur la terre de notre enfance, au printemps, le soleil s'élevait dans le dos du volcan et un premier rayon giclait sur la ville encore calme, en faisant un bruit de scie sur le bois. C'est le vacarme de la lumière dans l'air endormi, une entaille fraîche qui écorce, fend un arbre à sa base, un sommeil à sa racine. La prime lumière est affilée, elle brise, brûle si tu la respires. C'est après qu'elle réchauffe. »

Je te demandai si tu en avais vraiment fini avec l'Afrique.

« Avec l'Afrique et avec tout ce que j'ai fait là-bas », répondis-tu en buvant ton thé les yeux fermés. Tu n'avais pas les tempes dégarnies, tu avais les cheveux gris coupés ras, tu faisais bien plus jeune que moi qui les avais tout blancs. Sur ton visage quelques rides profondes, gravées comme des entailles sur une peau sèche et brunie par le soleil. Tu avais une voix sonore mais plus sombre, voix qui sortait du fond d'un puits.

« Mon ami, ça n'a servi à rien. Mes années, les années des autres hommes tels que moi : à rien, tout va à la dérive. Nos missions construites avec tant de peine qu'on ne peut même pas la formuler, car les mots sont un affront au sacrifice, tombent en ruine. L'Église locale nous remplace, reprend notre œuvre. C'est juste, providentiel, nous sommes allés là avec l'espoir d'être un jour superflus. Mais moi je vois les maisons, les potagers, les vergers, les écoles, les dispensaires, les puits tomber en ruine dès qu'on leur confie le travail de nos vies. Ces réalisations ne sont pas les leurs, ils les trouvent toutes prêtes, comme un cadeau, et ils les laissent se dégrader par négligence. Une machine, un outil, un bâtiment sont des choses qui n'ont pas leur place dans leur mémoire comme dans la nôtre : leurs ancêtres n'étaient pas forgerons, maçons, ne taillaient pas d'arbres ni ne les greffaient. Pour nous ces gestes de soin assidu sont chargés d'un amour transmis, pour eux ils sont vains. Ils considèrent l'entretien comme une sorte de superstition.

« Il ne leur est pas facile d'être des prêtres. Nous recevons tout de l'extérieur, eux doivent l'obtenir en sollicitant les gens, l'évêque. L'image du prêtre local n'est pas celle du missionnaire, auquel rien n'appartient. Au contraire, un prêtre occupe une position sociale de prestige, redevable de gratitude envers la grande famille qui lui a permis de faire de longues études. Ainsi, un pays pauvre finit par avoir une Église riche.

« Nous bâtîmes seuls une école. Il nous fallut quatre ans, sans aucune aide du diocèse du pays, dépensant les dons venus de nations diverses. Une fois prête, nous demandâmes la nomination d'un enseignant. On nous la refusa, nous devions y pourvoir également. Et c'était peut-être juste aussi, mais maintenant je vois s'imposer l'idée que tout leur est dû. J'en suis arrivé à la conclusion qu'ils doivent se débrouiller seuls, sans nous. Nous ne sommes qu'une agence d'aide à fonds perdu. Nous sommes un chantier perpétuel dont on n'attend pas des œuvres achevées, mais bien au contraire, qu'elles ne s'achèvent jamais. Peut-être s'agit-il du simple désir d'être secouru, peut-être le côté inachevé les rassure-t-il : toujours est-il que l'incurie guette un ouvrage terminé. Ils commencent à zéro, c'est une de leurs façons d'affronter les jours. De tout temps cette terre les a habitués à ne s'attacher à rien, car rien ne dure sous ce soleil de plomb. Mais tout ça ne compte plus pour moi. »

Tu t'arrêtas pour reprendre ton souffle et ta voix prit un ton plus serein. « Voilà nos travaux, notre œuvre : que sont-ils ? Ils sont un prétexte, à peine un signe. Qu'importe qu'ils tombent en ruine ? Ce n'est pas d'eux que je suis fait. La vie d'un prêtre, c'est d'être du côté des gens, sans limites et sans buts, tel est notre vœu. C'est une vie qui exige tout d'un homme, sachant que ce tout ne sera pas suffisant. L'enchère monte continuellement, il faut tirer un peu plus de soi-même, comme dans l'exercice d'un muscle qui se rend chaque jour capable d'un effort supplémentaire. Ce n'est pas un travail qu'on peut évaluer pour l'effectuer avec une fatigue moindre, il prescrit au contraire l'épuisement de toutes les ressources. Seule la dépense totale des forces permet leur régénération, alors que la plus petite économie nuit à leur renouveau. Celui qui a retenu une petite part a tout retenu. Aime ton prochain, mais pas comme toi-même, misérable équivalence, aime-le plus. Cet échange inégal fait de l'homme qui est devant toi, ton prochain, un être auquel tu dois tout et qui n'est pas un autre toi-même, auquel tu dois appliquer un rapport d'équivalence, ce n'est pas un associé en Dieu : c'est ton prochain. Le Dieu de ma religion a offert la vie de son fils sans contrepartie. À son image, nous donnons la nôtre, car tel est le tarif : on ne peut secourir son prochain qu'au moyen d'une autre vie et il n'est pas donné de savoir si elle est suffisante.

« Vaut-il la peine de le faire ? Écoute cette réflexion issue d'un ancien commentaire hébraïque des Écritures : l'homme fut créé seul et unique pour montrer que détruire une vie revient à détruire un monde et que sauver une vie revient à sauver le monde entier. Cette pensée a donné une réponse à ma question précédente : pour moi ça vaut la peine. La charité, c'est de ça que je parle, ne se mesure pas à un résultat, car elle ne trouve son exaucement dans aucune fin. À quoi sert-elle ? À rien, mais c'est bien là pour moi sa valeur. Quand on s'interroge sur sa propre existence, qu'on se perd dans le vertige d'un gaspillage insensé, quand même ce qui fut considéré comme bon apparaît vain, alors la charité offerte devient l'unique geste de sympathie entre un homme et le reste de son univers. Elle ne sert à rien, sur elle on ne peut fonder une ville, pas même une église, mais un homme oui.

« Je n'ai voulu servir d'exemple à quiconque. Personne ne peut vivre en imitant un autre. Mais la charité peut susciter l'impossible. Écoute : soyez donc parfaits comme est parfait votre père céleste, c'est ce que dit Jésus, selon Matthieu. S'il n'est pas possible de suivre l'exemple d'un autre, il est possible d'être comme Dieu. Seule cette imitation convient à l'homme. Est-ce impossible ? Non, c'est là tout notre miracle, reste de l'acte créatif originel.

« J'ai vu le mal que se font les hommes. C'est un usage qui ne fait ni avancer ni reculer, qui n'élève ni n'abaisse. Le mal ne fait rien aux hommes. Mais un amour qui n'admet pas de capituler et ne peut être partagé, un de ceux qui auraient en soi cette sorte de musicien perpétuel peut faire quelque chose aux hommes. C'est ce qui transforme sa propre vie en art. Il y eut ceux qui, pour imprimer leur signe, choisirent comme matière le marbre, la toile, les pages, et ceux qui le gravèrent dans le vide des hommes. »

Le mal ne faisait rien aux hommes, le mal était normal : la phrase laissée en suspens, une nuit lointaine, avait trouvé son achèvement. Seul produirait un effet sur les hommes un amour en pluie, précipité aveugle d'une offrande qui se savait éparpillée, recueillie seulement par hasard et partiellement. Le mot amour sonnait de nouveau à mes oreilles et j'en apprenais de nouveaux signes : qu'il était sans finalité, sans but, c'était un amour errant. Est-ce que seul ce qui est privé d'intention peut être utile ? Qu'est-il arrivé au monde pour se retrouver à un point tel qu'aucun acte direct ne l'aide, mais que seuls les sacrifices le réconfortent ?

J'entends des verrous qui pendent, dévissés ; mon fauteuil à bascule avec ma charge d'os, les yeux ouverts, semble le chariot d'une caravane en marche. Je n'écoute même pas la maison qui répond de toutes ses pièces.

Au-dehors mon linge flottait au vent qui le séchait et le parfumait de ses premiers pollens. Derrière toi je les voyais, tendus, se gonfler et retomber, comme le faisait parfois ton souffle dans ta voix.

Nous sortîmes à l'air libre. Je te montrai le grand pin, le seul arbre que je n'ai pas planté puisqu'il était là avant moi. Il était malade, envahi par les processionnaires qui grimpaient sur lui en rangs très longs pour faire leurs nids dans ses branches. Il fallait détacher les nids, un par un, et les brûler. Avec ton aide nous pouvions faire du bon travail et guérir la plante. Dans sa chevelure, large comme un sourire, de nombreuses dents manquaient, les chenilles avaient desséché beaucoup de branches. Nous nous mîmes à l'œuvre. Tu montas dans l'arbre et avec une perche tu secouas les nids pour les faire tomber. Je tenais l'échelle pour faciliter tes mouvements. Puis nous ramassâmes les nids tombés et y mîmes le feu.

« Nous avons protégé un être plus vieux que nous et il me semble avoir soigné une personne. Dans un passage des Évangiles, un aveugle qui reçoit la vue pour la première fois décrit les hommes comme des arbres qui marchent. C'est la plus belle hallucination qu'il m'ait été donné de lire sur les hommes, parfois je la trouve juste.

« Je pense à la procession que nous avons interrompue : il en fut ainsi de nos ancêtres. Ils connurent les lois de la chaîne et non les droits de chaque anneau ; ils eurent foi, même après leur effacement, dans la continuation par les autres. Je me sens dans leur sillage, maille de leur procession. Pardonne-moi ces rapprochements, s'ils te gênent. Pour moi, il y a dans les choses des informations supplémentaires qui se révèlent quand on les confronte et qu'on en voit les ressemblances. »

Nous attisions le feu des nids avec du petit bois et des pommes de pin, l'odeur de résine brûlée montait comme de l'encens sous la voûte en coupole du pin.

C'était l'heure du coucher de soleil et nous nous arrêtâmes un moment sur le seuil. Tu regardais les nuages lents, tu en trouvais les couleurs ternes.

« Le ciel aussi me semble vieilli. Là-bas il y en avait un, jeune, bleu même à l'heure la plus brûlante, ou bien rapide à retourner les nuages, à les lancer dans des courses entre eux, à les faire crever en pluie. Ils volaient bas au-dessus des arbres, le vent hurlait et les déchirait au milieu des branches et des buissons. Durant la saison des pluies, le soleil en plein ciel et l'orage le plus noir alternaient plusieurs fois par jour. En Afrique, il y avait un ciel pour enfant, un manège effréné qui invitait à se laisser rejoindre. Le ciel d'ici est plus lointain et me semble usé comme un vêtement. »

Brusquement le soleil sombra dans l'obscurité. Un nuage l'éteignit sur la ligne d'horizon, nous rentrâmes alors à la maison. La campagne s'arrêtait pour le soir, nous en écoutions les bruits. Mes canards s'ébattaient dans la mare, plongeant, éclaboussant d'eau leurs ailes. D'une ferme éloignée arrivaient des coups de marteau sur une enclume. Des moutons rentraient de leur journée dans le vacarme joyeux des agneaux. La maison produisait son fond sonore, une seule note s'élevant du sol, mise en vibration par les murs, comme entre des lèvres serrées. Aujourd'hui j'écoute à nouveau la maison jouer sa syllabe en ré dièse majeur la bouche fermée, mais avec un timbre plus ferme, un grondement de matière qui ouvre les lèvres et je ne parviens pas à distinguer en elle le chant du cri, la musique de la douleur.

La brusque tombée de la nuit força l'allure de tes pensées. Tourné vers la fenêtre assombrie tu serras fort tes doigts entrelacés.

« J'ai perdu la force du don de soi pour une coupable indignation. J'ai tenu bon au cours de ces dernières années, mais j'ai toujours eu envie d'abattre mon poing sur la terre. Un sursaut d'amertume face à tout ce gaspillage m'a assailli, rongeant mes os. J'ai mal dans tout mon squelette, je tends mes muscles pour le protéger, mais le mal gagne malgré tout. On m'a convoqué pour des examens, on a trouvé ses morsures partout. Je n'y retournerai plus. J'aurais préféré mourir là-bas, mais j'aurais été une trop lourde charge. On m'a dit que la douleur allait augmenter et qu'on me donnerait des antidotes. Mais la douleur n'est pas un poison, elle est un cri de toutes les fibres qui appellent le corps à se décomposer. J'ai tenu dans mes bras bien des hommes qui n'avaient même plus de souffle pour hurler et je pouvais voir leurs nerfs fouiller à fleur de peau par tout leur corps en quête d'ultimes traces de douleur. Puis leur âme se détachait dans un grand bruit de forêt en flammes et j'y voyais une miséricorde. Pourvu qu'on me laisse crier. »

Tu serrais ton verre ce soir-là, tu buvais lentement et à chaque gorgée tu esquissais un sourire. Nous nous quittâmes pour la nuit. Je n'avais pu te dire un seul mot de réconfort. Ton attitude montrait qu'une consolation certaine, un secours t'accompagnait déjà. Quand je refermai la porte de ta chambre, je vis ta nuque bronzée entre tes épaules massives qui avaient porté le joug de tant de soleil. Le soleil est un fardeau pour celui qui chaque jour, au grand air, se penche sur son travail. Je fus touché par cette nuque brunie, les sillons gravés sur ta peau, je ne trouvais aucun mot d'apaisement pour ton dos voûté dont le cancer avait oblitéré chaque vertèbre.

Plus tard dans la nuit un bruit me réveilla et je sortis pour vérifier l'enclos. On voyait de la lumière sous la porte de ta chambre, tu ne dormais pas. Tu m'invitas à entrer, tu lisais de vieux livres sur notre ville, héritage de mon père. Au temps où nous y grandissions, c'était un lieu qui ne ressemblait à aucun autre, rebelle à toute comparaison. Des images lointaines te revinrent en mémoire. « Je revois une lumière pâle, étrange souvenir pour le natif d'une ville du Sud. Et pourtant, elle était toujours dans la pénombre : en haut des ruelles passait un soleil rapide dans un ciel étroit. Notre ville ne ressemblait à rien d'autre, n'est-ce pas ? C'était le bout de verre avec lequel Jupiter gratte sa gale, un fragment rongé par un usage immonde et par la sainteté. Si j'avais dit ça à l'époque, on m'aurait lapidé. Par contre, maintenant, c'est dans la bouche de tout le monde, comme un proverbe. Ce n'était qu'une ville du Sud, une de celles qui donnent sur la mer, où les gens sont voués à l'inertie et au danger, acceptant le gaspillage de morts violentes. Les coups qui éclataient à terre se perdaient au large dans un bruit de bouteilles débouchées pour ceux qui étaient en mer dans leurs barques. Le noir des mères et des veuves luisait de larmes dans les cortèges de midi, comme dans tant d'autres villes de la Méditerranée. C'était une terre trop ouverte, aux reliefs dociles. Nul conquérant ne fut repoussé devant sa baie, chacun eut droit aux acclamations. Tout ce faste gaspillé à la hâte et détruit par le suivant a permis de comprendre que les pouvoirs étaient précaires comme l'enduit que l'air salin écaille. Il lui faudrait maintenant le silence, qu'on ne parle plus d'elle. »

Nous feuilletâmes des pages de voyageurs illustres partis en laissant des notes, des invectives, des poésies : fiente de migrateurs. Et pourtant toutes ces pages n'étaient pas ferments d'engrais, mais exhalaisons d'arômes, décoction d'un psaume de louanges. Nous lisions les insultes adressées à la ville en en souriant comme de coups lancés dans le vide qui déséquilibraient maladroitement ceux qui voulaient les asséner. Les éloges en revanche nous embarrassaient, surtout ceux qui s'adressaient à sa population et à son art. Musique peut-être, mais sans partition : de la musique s'était infiltrée dans les voix de colère, de blasphème, de douleur, d'appel, une tonalité pour chaque cri, cadences exactement répétées. Les voix de la ville changeaient sur un rythme de litanie. Nous répétions ces cris en sourdine, tu les refaisais avec la précision que tu avais dans la scansion des hexamètres en classe.

Nous lûmes toute une liste de proverbes. Tu me fis remarquer une ligne : en mer il n'y a pas de tavernes.

« C'est une phrase qu'il faudrait offrir à celui qui entre en religion. Elle pourrait bien l'arrêter brusquement à son point de départ. Une phrase comme celle-ci pourrait sauver quelqu'un, en lui montrant clairement le vide sur lequel il se penche. Cette nuit j'ai la nostalgie de cette mer sans taverne. Bienheureux es-tu, Seigneur des voyages, qui laisse revenir l'homme à sa plage de départ. »

Je pensai que tu prononçais cette phrase contre toi, contre ton retour d'Afrique. Cette voix ancienne que j'avais entendue d'autres fois dans la pierre de la maison s'adressait maintenant à toi comme une sentence. Une émotion me poussa à te défendre. L'aide que je n'avais pas su t'offrir plus tôt se formula dans une pensée dont j'avais l'intuition sans pour autant la maîtriser. Dans une aspiration rapide et profonde j'essayai de la saisir pour la restituer à haute voix. Je me surpris ainsi à dire : « Ce n'est pas ça, ce n'est pas une phrase de justes que tu lis. C'est celle d'un opposant infatigable qui surveille sans amour et tourmente avec des proverbes. Nous sommes tous entraînés à toute force vers un bien impossible à obtenir, porteurs d'une œuvre et de l'incapacité à l'accomplir. Poussière du sol et souffle de Dieu : il y a trop de deux éternités dans un seul sang. Par sa sentence l'opposant te désigne l'échec et t'incite à l'abjuration. Fais silence sur ta vie, ne réponds pas à qui, de sa voix de comptine, te chante que tu as perdu. »

Ces mots venus d'ailleurs me surprennent encore. Je restai la bouche ouverte, avec l'impression de ne pas avoir repris mon souffle, d'avoir parlé d'un seul trait. Ton visage s'ouvrit dans un faible sourire, une craquelure dans la terre sèche. La douleur continue de tes os s'était évanouie l'espace d'un moment, celui d'une respiration. Tes traits reformèrent leur masque de résistance à la douleur, ta voix sortait tendue par l'effort de la garder hors de ce mal.

« En mer il n'y a pas de tavernes : nous ne sommes pas les seuls à le savoir, Dieu lui-même le sait puisqu'il en a fait l'expérience le premier. Depuis qu'il a étendu sa main sur la création, Dieu n'est plus le même. Nous racontons l'histoire des six jours, symbole d'un commencement de l'univers, mais bien avant de sortir de sa voix, avant que la matière ne fût éveillée par ses mots, l'œuvre de création courait parallèlement à l'existence de Dieu, attendant l'heure de monter à ses lèvres, dans son souffle. L'œuvre, cette nécessité d'avoir une limite, pressait. Il fit l'univers : pour nous il est infini, pour lui c'est une impasse. L'histoire du monde est depuis lors celle des efforts de Dieu pour se soustraire à la création. Elle est pour lui un clou, comme celui qui s'est enfoncé en trois coups dans le corps du Christ, clou planté au hasard à une heure quelconque du temps et qui depuis oriente tout l'espace autour de lui. Le Dieu qui fit l'homme n'a pu se détacher de lui. De là naît l'anxiété qui saisit le créateur par vagues et le pousse à défaire univers et créature, mais désormais il est lui-même l'œuvre qu'il a accomplie, il est ce qu'il a commis. La fin des temps ne lui rendra pas le Dieu qu'il était avant, même l'ultime destruction sera un maillon de chaîne. Il est le potier de l'univers ou il n'est rien.

« Les prophètes disent qu'à la fin du monde chacun aura pleine connaissance de Dieu. À cet instant-là nous comprendrons finalement la règle qui a régi un si grand désordre et nous pourrons absoudre Dieu d'avoir fait le monde. »

Ainsi, tout à coup tu t'arrêtas. Le ton de ta voix était lourd d'affection, de familiarité, pas envers moi, mais envers le haut, par-delà les tuiles, les cieux, par-delà l'impasse de la création. Tu fermas le livre et y laissa dessus ta main ouverte. La nuit était finie, par les fentes des persiennes fermées passait la première clarté. Sous les tuiles le trafic des moineaux commençait, l'aube du jour de ton départ se levait. Je ne devais plus te revoir. Tu te rendais dans un foyer où vont les missionnaires qui rentrent pour se soigner, au milieu d'hommes comme toi, même si des hommes tels que toi ne se ressemblent pas entre eux, ne ressemblent à personne.

Je t'accompagnai au car. Nous l'attendîmes debout, sans parler. Enfin tu montas et te retournas pour me saluer de la main. Je me revois, immobile sur le bord de la route, agitant un mouchoir dans la poussière du départ, plissant mes yeux qui ne voulaient pas te perdre et ne voulaient pas pleurer, alors que je te perdais et que je pleurais; je mettais mon mouchoir sur ma bouche pour ne pas étouffer de poussière et de sanglots.

La pièce est illuminée, blanche, par des éclairs qui explosent sur le sol comme des coups de fouet. J'essaie de fermer les yeux, je vois la clarté même derrière mes paupières. Mon dernier ami s'avance, celui qui donnait toujours la priorité aux autres.

Te voici à la porte : cheveux courts coiffés en arrière, yeux bleus vifs et directs, sourire lèvres serrées. Je vois tes âges successifs : tu étais régulièrement un peu en avance sur tes camarades, ayant déjà franchi les étapes qu'ils étaient à peine sur le point d'atteindre. Je ne sais s'il s'agissait d'un état de grâce, mais tu attirais la curiosité, l'affection et l'amitié. Tu parlais de tes défauts avec exagération pour réduire l'avantage mystérieux que tu avais sur les autres. Tu cherchais le côté amusant de tes exploits, soucieux de minimiser tes qualités physiques. Habile plongeur, tu grimpais sur les rochers les plus hauts, ceux qui se dressaient à pic. De ces hauteurs, tu prenais alors des envols qui nous coupaient le souffle, pour nous le rendre juste au moment où tu surgissais du fond de la mer. Tu étais le seul à t'élever aussi haut, prenant ton élan sans même regarder en bas, sans hésiter. « Comment est l'eau quand tu la touches après un si long vol ? » te demandais-je. Et toi : « Un tapis. » Tu trouvais aussi le moyen de ne pas mettre les autres dans l'embarras avec tes prouesses, inventant chaque fois une blague sur ton courage, feignant une peur que tu n'éprouvais pas. Tu avais la délicatesse de t'écarter du centre d'intérêt où tu finissais souvent par te trouver. Tu détournais l'attention sur une personne présente en racontant quelque chose qui l'impliquait et lui donnait de l'importance. Avec toi la modestie semblait un exercice facile, elle était au contraire fusion d'un seul jet entre délicatesse et insouciance, elle était art et non vertu.

Ton visage prenait part à tout ce que tu disais, soulignant d'une mimique très personnelle la chose la plus banale. Tu portais allègrement un nez prononcé que tu tenais entre tes doigts en te mettant de profil : « Ce sont des nez, ça », disais-tu en te moquant de son contour accentué. Il divisait ton visage, le balayant d'ombres qui donnaient de la force à tes traits. Au bord de la mer, tu me fis remarquer un jour un détail de ton pied : ton pouce était plus court que ton second orteil. « As-tu remarqué que les statues grecques sont ainsi faites ? » et tu te pavanais avec un air de suffisance en remuant ton orteil, conscient comme d'habitude du côté comique de ta vantardise. Tu avais un pas long et bien appuyé, qui te faisait avancer avec une légère oscillation.

Mon admiration pour toi était différente de celle que j'avais pour les autres. Je comprenais que toi, d'une virilité précoce ou plus affirmée, tu étais différent d'eux. Tu étais entouré d'une bande de camarades qui imitaient tes gestes, tes répliques et même ta démarche, cherchant à saisir ce qui les mettrait eux aussi en valeur auprès des filles. Tu plaisais à toutes. Les garçons s'exerçaient à croiser les jambes à ta façon, à se coiffer comme toi, se trouvant ainsi un peu plus désinvoltes, un peu mieux remarqués. Moi j'étais incapable d'une telle énergie, de l'extrême attention nécessaire à celui qui imite par admiration.

Moi aussi j'étais de toutes les réunions qui s'offraient à nous, petites réceptions auxquelles j'allais vêtu avec l'élégance uniforme de l'époque. Très jeune j'avais déjà les mains longues et noueuses, des mains trop encombrantes pour mes poches. Je les cachais derrière mon dos, rouges comme mon nez. Avec d'autres, tout aussi empruntés, je rasais les murs de ces salles où évoluaient les premiers danseurs. À voix basse, des confidences de supériorité parvenaient à mes oreilles, mais aussi des aveux de timidité navrée de ceux qui, dans ces lieux, souffraient de leur manque d'esprit. Je me souviens d'un garçon qui me parlait avec tristesse et qui brusquement se bloqua ; sa voix se brisa dans le saut d'octave de ses pleurs. C'étaient des exclusions, sillons invisibles qu'un doigt léger traçait dans l'air d'une salle de bal d'une classe d'étudiants, sillons qui brusquement devenaient destin. Certains raseraient les murs toute leur vie.

Tu étais le préféré ; les plus belles guettaient ton arrivée. Tu ne parlais pas de tes bonnes fortunes, on ne savait pas avec quelle fille tu sortais parmi celles qui se trouvaient avec toi devant l'école. J'ignore pourquoi tu avais confiance en moi, tu m'adressais souvent la parole pour me demander un avis. Tu savais que je jouais de la guitare et une fois tu voulus m'écouter. « Bien, me dis-tu, si tu n'as rien contre, tu m'accompagneras un soir pour donner une sérénade ? » J'écarquillai les yeux, en disant oui machinalement. Je t'aurais suivi n'importe où.

Ce fut ainsi qu'un soir je demandai la permission de sortir, emportant ma guitare avec moi. Nous devions avoir dix-huit ans. Tu vins me prendre en Vespa et nous partîmes. Je n'avais pas à m'inquiéter, me dis-tu, je devais seulement chanter et jouer comme la dernière fois. Mais je n'étais pas inquiet. C'était une tiède soirée de mai qui aurait délié la langue d'un muet et j'étais heureux d'être dans ce vent, le visage fouetté par la course. Ces nouveautés inouïes me comblaient de confiance.

Nous nous mîmes sous une fenêtre. Nous étions dans un jardin et on sentait la mer toute proche. Les citrons embaumaient l'obscurité. Nous nous approchâmes du mur et tu me dis de commencer. Debout, je grattais les cordes et comme si c'était la chose la plus naturelle, je chantai. Ma voix se fit plus sûre, la guitare courait, légère, sous mes doigts. À certains points d'accord entre la musique et le chant un troisième son s'élevait, effet d'orgue qui se réfléchissait contre le mur. Je chantais pour une femme inconnue, et pour elle j'accomplissais le plus hardi de mes actes. En cette heure peut-être éprouvai-je de l'amour, l'amour aveugle qui n'a pas besoin de se révéler, qui chante d'un coin obscur et qui, du corps, n'offre que la voix. Si amour est pollen d'un soir de mai qui passe dans l'obscurité d'un jardin, si amour est celui qui ne sait pas même pour qui, alors, une fois moi aussi.

J'enchaînais une chanson après l'autre. Quand tu touchas mon bras, j'ouvris les yeux. La lune était haute, la visite était terminée. Je m'éveillai d'une concentration que je n'ai plus éprouvée. Le temps d'une chanson, un sentiment s'était arrêté dans mon corps et il était déjà passé.

Ta spécialité la plus étonnante était les énigmes. Plus qu'une habileté c'était une virtuosité qui te permettait de résoudre rapidement les plus ingénieux problèmes. Tu m'initias aux merveilles des cryptographies mnémotechniques, comme celle formée par le seul mot « miroir » : une phrase entière devait en découler par logique et analogie. La solution était : plan sujet à réflexion. « Comment ? » te demandai-je. « Évidemment : un miroir est une surface plate qui réfléchit. » Je me souviens aussi de cette autre cryptographie encore plus fascinante pour moi, parce que palindrome, phrase qu'on peut lire également de la dernière à la première lettre. Le texte était : Tyrrhénienne et Adriatique ; la solution était : la marine du Sud en ira mal.

L'été on t'appelait à la rescousse sous les parasols pour tirer d'embarras dames et oisifs plongés dans un rébus, dans une grille de mots croisés vide. Quel était le secret de ta réussite, je te le demandai. Tu répondis par jeu : « Les mots sont de mœurs faciles, il est simple de les pousser à la substitution. Ils ont des sens multiples dans un espace limité de lettres, quelques retouches suffisent, juste une invitation et ils se plient à toutes les variantes, à tous les jeux. C'est comme si je pouvais lire toutes les combinaisons possibles. Ce qui arrive à un mathématicien avec les chiffres ou à un joueur d'échecs avec les pièces m'arrive avec les mots. »

Ainsi on trouva un panneau « Chute de pierres » sur le miroir des toilettes des enseignants, légèrement modifié : « Chute de piètres ».

Chez toi, là-haut dans les vieux quartiers, régnait un silence vicié de fenêtres closes et de bibliothèques surchargées. On était accueilli par l'odeur de ce savon jaune qui se vendait autrefois à la coupe. C'était un petit appartement que tu partageais avec ton père qui enseignait l'histoire et la philosophie au lycée. Ta mère, morte en te mettant au monde, avait laissé un désert dans le cœur de son mari. Il mit son honneur à ne pas te faire supporter le poids de la substitution. Il avait été attentionné envers toi, prêt à tout, mais pas affectueux. Avec ton habileté d'amateur d'énigmes qui sait combien d'allers-retours tu avais faits entre homme et femme, mots qui communiquaient au moyen de deux passages seulement : homme — gomme — gemme — femme.

Dans ta chambre au bout d'un étroit couloir aux carreaux disjoints, s'empilaient un tas de vieilleries. Je revois les petits bustes en plâtre d'antiques personnages, des tableaux avec des animaux, des fruits en marbre, des solides aux formes géométriques. Sur une table couverte de papiers il y avait des dés, un gros hameçon, un tunnel, vestige d'un petit train électrique. À cette époque, il m'était impossible de le voir, mais aujourd'hui que j'observe à nouveau cet intérieur je comprends qu'il était constitué de l'ameublement négligé et obligatoire des rébus. Il y avait sûrement une clé pour mettre en mots l'énigme de cette pièce. Il en est peut-être ainsi pour chaque maison.

En classe un jour tu me fis passer un billet. Il y était écrit : admire le pédant (phrase anagramme : 6, 2, 6). Il me fallut la journée pour le résoudre : demain le départ.

C'était ma dernière année d'école qui fut suivie par mon dernier été à Ischia. Je prenais mon habituelle teinte rouge cuivré qui jamais ne se délavait en bronzage, mon nez pelait au point de se dépouiller presque entièrement de sa chair. Sur la plage je mettais un chapeau de paille pour me protéger du soleil et ainsi habillé, je ne pouvais me vexer du surnom d'épouvantail. Peut-être était-ce pour contredire ce sobriquet que j'essayais d'attirer les oiseaux en leur donnant des miettes.

Je n'ai pas revu l'île où nous fûmes jeunes. Là, je connus l'embarras des premières libertés. Mes parents me poussaient à me mêler à la vie de mes camarades qui le soir se retrouvaient sur une place, tantôt pour discuter avec les filles, tantôt pour parler d'elles entre eux. Je sentais parfois la tristesse me gagner dans ces lieux qui auraient dû n'être qu'insouciance et qui frémissaient au contraire de parades, de vexations. Les garçons, que la nécessité de s'exprimer pour impressionner les filles rendait nerveux, devenaient fragiles et agressifs. Je ne me froissais pas d'être pris pour cible de quelque facile réplique, je souffrais en revanche de leur gaieté tourmentée. On était accepté ou rejeté suivant une hiérarchie de valeurs, incompréhensible et inexorable. Ce n'était qu'adolescence, mais à cette époque aucun de nous ne le savait et cette place du soir semblait contenir toute notre vie. La place des flatteries et des brimades était le seul monde auquel on pouvait s'attendre. Certains tiraient de là des conclusions sur eux-mêmes qui engageraient le reste de leur vie. Aussi le soir je n'allais pas avec mes amis et je me promenais autour des pinèdes clôturées, attendant l'heure de rentrer à la maison.

Lorsque l'été finit, sur le bateau qui me reconduisait en ville, je ne souhaitais pas une autre saison sur l'île. Je fus pris à la lettre et à la gorge par le destin, nous déménageâmes dans cette maison que je ne devais plus quitter. Avant que cette saison prît fin, je t'accompagnai dans une excursion sur la montagne de l'île, l'Épomée. Nous gravîmes la pente qui part du village le plus haut, là où nous laissa l'autocar. Nous atteignîmes rapidement les bois de châtaigniers et, entre les lacets du chemin, les rangées de vigne plantées sur d'étroites terrasses. La roche du sommet nous apparut de loin. Tu disais qu'un repliement de moines y avait creusé des cellules. Ces minuscules habitations avaient été transformées en chambres équipées d'un petit balcon qui donnait sur le précipice et sur les bois. Nous allions y passer la nuit.

Je me demande encore pourquoi tu m'invitas à cette excursion, la jeune fille anglaise qui t'accompagnait se posait peut-être la même question. Elle était belle. Elle avait des soupirs dans la voix et une invitation dans les yeux qui faisait sourire. Nous atteignîmes le sommet entre ma respiration haletante et tes récits qui dévoilaient ce que nous allions voir. Accoudés aux parapets dominant le vide, nous vîmes le soleil d'août se coucher lentement. Les corbeaux tournoyaient dans le vent autour du sommet.

Nous dînâmes dans la première ombre du soir sur la terrasse de l'auberge. La fraîcheur des hauteurs nous força à passer un pull, le premier de la saison. Nous avions envie de parler doucement. D'en bas, dans le lointain, montaient des bruits atténués, voix, aboiements ; de la cuisine nous parvenaient les grésillements de l'huile qui chauffait dans la poêle. Nous nous souriions sans parler, nous regardions autour de nous, serrant un premier verre de vin d'une fraîcheur de grotte. Nous voyions des lumières de tous côtés. Nous avions au-dessus de nous les premières étoiles. Baissant les yeux vers la mer nous apercevions les reflets des barques parties à la pêche au lamparo. En contrebas on voyait les lumières des maisons éparses dans le noir de la vallée. Du fond de la terre jusqu'au ciel, l'obscurité était percée de pores brillants et respirait. Je n'avais jamais vu tant de profondeur et elle était si proche, tellement à la surface des yeux.

Je me posai une question : aurais-je aimé m'arrêter en ce lieu ? Je me surpris à répondre que non. Le charme d'un endroit devient insignifiant à la longue s'il n'y a pas d'autres raisons d'y vivre. La beauté des pays des autres ne suffit pas à transplanter un étranger, seulement à le retenir. Elle rend nomade, elle pousse vers d'autres paysages. Ces mots en tête, je vous suivis après dîner sur la crête de la montagne, là où, en son point le plus haut, une petite terrasse est creusée dans la pierre. Nous contemplâmes l'île qui descendait à nos pieds sur des centaines de mètres jusqu'à la mer.

Tu pris la jeune fille par les mains pour danser deux rondes avec elle. Vous parliez peu entre vous à cause de l'obstacle de la langue. Vous remplaciez les mots par de nombreux gestes de connivence, comiques, qui mettaient en joie. Dans vos tendresses de sourds-muets passait l'amour, un empressement constant à montrer à l'autre ce que les sens de l'un percevaient. L'amorce de tes gestes envers elle avait l'élan initial du plongeon qui soulève dans les airs. Le silence vous rendait habiles, sans autre dessein que celui de vous plaire. Nous étions au milieu des ténèbres célestes, votre amour se dressait sur la plus haute vergue de la grande île.

Je distinguais mal vos deux silhouettes assises côte à côte devant moi. On peut parfaitement savoir que la terre est un grain à la périphérie de la création, qu'elle tourne autour d'une étoile et non l'inverse, mais il y a des moments, des lieux, où cette notion évidente fait place à une croyance plus ancienne. Tu dis : « On se sent au centre de l'univers. » Tu traduisis ta phrase pour elle en montrant d'abord le ciel puis ta main et en plaçant sur sa paume son index et le tien. Elle poussa un profond soupir.

Oui, au centre, je le sentais moi aussi, mais pas de l'univers, au centre, au col d'une autre machine : une clepsydre. Au-dessus de nous la cuvette du ciel, au-dessous de nous celle de la terre : nous étions à l'étranglement de cet instrument, l'avarie soudaine qui en arrête le flux. Autour de nous le monde s'était arrêté. Nous, jeunes gens désorientés à la périphérie de tout, étions dans un de ces endroits à travers lesquels s'écoule l'infini, tombant de l'abîme des cieux : dans une étroite gorge entre la terre et le ciel, il devient temps et monde. Nous éprouvions le vertige du centre. Tout autour c'était une nuit pleine de silence, l'immense descendait sur nous avec légèreté.

Sur la terrasse du sommet je ne voyais plus rien. Tu dis encore : « Ptolémée avait raison, il entendait le ciel selon le sens et non selon la lettre. » Tu ne traduisis pas cette phrase, mais dans l'obscurité je sentis que vous vous rapprochiez. Aussi je me levai et vous laissai seuls sur le plus haut point de l'île. Au moment où je me détachais de là, de nouveau le vent se leva. La clepsydre fut chassée de mon esprit et moi de sa gorge.

Dans l'air sans lune tombaient les cendres des étoiles : accoudé au balcon de la petite chambre je souris de mon aventure, passer une nuit loin de la maison. Je m'endormis épuisé, comblé. Le matin arriva, un soleil opaque et rougeâtre pointant derrière les contours de la terre ferme. L'air fumait de vapeurs. À table, au petit déjeuner, la jeune fille avait les yeux fatigués par la fraîcheur de la nuit. De ses deux mains elle portait la tasse fumante à sa bouche, cambrant le dos, heureuse. Notre hôte nous salua d'une grande poignée de main et nous suivit du regard depuis la terrasse tandis que nous descendions le long du sentier. Dans l'air lourd sa voix joyeuse et profonde cria ton nom pour la dernière fois.

Après le lycée, commença ta vie de pèlerin dans les chambres d'amis et de connaissances, chaque fois que l'occasion se présentait. « Depuis que j'ai quitté mon père, je n'ai plus jamais eu de logement à moi. J'ai été hébergé dans toutes sortes de chambres, mais je ne me suis attardé dans aucune, pas même quand je me trouvais bien. Un hôte doit prendre congé au moment où tout le monde désire qu'il reste. Le sens de l'anticipation est la seule vertu utile à un invité. Savoir prendre congé opportunément, c'est laisser derrière soi une porte toujours ouverte. Je peux dire que je suis un expert dans les au revoir et les adieux, un de ceux dont on se rappelle volontiers les départs. L'hiver est la saison où mes visites sont le mieux accueillies. J'ai été un courtisan errant, même si je préfère dire hôte, variante moderne et plus modeste. J'ai appris à m'adapter à la vie des autres, je peux être un locataire qui passe inaperçu. Je règle mes horaires sur ceux de la maison, je ne laisse aucune trace dans la salle de bains, je fais mon lit et range mes bagages hors de vue. Lorsque ensuite je quitte ceux qui m'ont offert l'hospitalité, je recueille des phrases comme : nous ne savions pas que vous habitiez encore chez nous ; ou bien : dommage de se priver d'un fantôme familier. Ce sont les plus beaux compliments. »

Ton caractère sociable s'améliora encore avec le temps. Tu parvenais à être imperceptible et désiré, art suprême de l'hôte. Tu ne trahissais pas l'accueil reçu, tu ignorais les éventuelles tentations des femmes d'une maison où tu étais invité.

« Ce qui fait de moi un courtisan, c'est le respect du toit d'autrui. Une maîtresse de maison, une fille sont sacrées pour moi et il n'est pas question que je les désire. Parfois une invitation pressante est pour moi le signal impératif du moment de prendre congé. Étreindre une femme signifie à mes yeux avoir le cœur libre et le monde vide, comme si chaque fois nous devenions les derniers habitants de la planète. Il y a des femmes qui, pour me rencontrer, se détournaient, en fuyardes, de leurs devoirs envers leurs maris ou leurs fiancés ; des femmes que je n'ai pu apprécier dans ces conditions. » Souvent j'aurais voulu te demander : mais les femmes, comment sont-elles ? Le désir m'a manqué à moi, la beauté que je voyais restait dans mes yeux, s'arrêtait là, ne transmettait aucune impulsion à mes nerfs.

Comme dans le coucher de soleil limpide d'une journée d'automne, quand je regardais longuement le soleil se décomposer au fin fond du ciel, vers l'outre-terre, le violet à sa traîne : tant de splendeur éteinte restait dans mes yeux, mais je ne désirais pas la suivre.

Je te demandai une fois en passant, plutôt une pensée muette qu'une question : mais est-ce qu'on trouve encore des femmes ? Tu répondis que tu ne pouvais en parler au pluriel, mais d'une seule à la fois. Le pluriel, dis-tu, convient bien aux hommes et mal à elles. Tu ne ris pas de ma question, mais tu la retournas.

« J'ai été perdu par plusieurs femmes, à commencer par ma mère qui me jeta hors d'elle juste à temps avant de mourir. J'ai été perdu comme cela arrive aux objets. Quand les liens entre une femme et un homme deviennent possessifs, alors on peut être perdu, car on ne perd que ce qu'on possède. »

Je comprenais mal. Il me semblait que tu parlais mal de personnes possédées comme des choses.

« C'est le rang le plus élevé de l'amour. Être pour l'autre une chose entièrement sienne, ornement de son intimité, privé de la liberté d'être différent. Devenir une chose à posséder : à ce niveau d'assignation il arrive qu'on nous perde. Alors on nous place sur l'étagère des objets égarés, on attend qu'on vienne nous rechercher et on reste les yeux ouverts la nuit, guettant le pas de qui reviendra nous réclamer. Mais personne ne revient et après le temps qu'il faut on est à nouveau soi-même, délivré de la possession, libre car on devient libre après avoir été perdu. »

Un sourire étirait une moitié de ton visage ridant le bord de ton œil, un sourire d'échappatoire à des mots sérieux.

Tu avais fait de la prison. Il s'agissait d'une erreur car, par la suite, tu fus acquitté. Ce fut ton comportement avant le procès qui prolongea de deux ans ta détention. Tu refusas de collaborer avec le magistrat qui s'occupait de ton cas. « Ce ne fut pas une impolitesse arbitraire. À cette époque, j'étais l'hôte d'une belle famille. On vint m'arrêter le soir de Noël alors que j'étais à leur table, gâchant à ces gens-là une soirée de paix. Après les fêtes, vers la mi-janvier, après des semaines d'isolement je fus conduit devant un magistrat. Sa barbe était mal rasée, ses ongles sales, il fumait, posait des questions. Je compris très vite que je ne parlerais pas à cet homme. Je le lui dis : à vous je n'aurai plus rien à dire.

« On peut supporter toutes les peines, pas le manque de respect d'homme à homme. La justice peut être sévère, inconfortable dans ses logements et ses usages, mais elle doit faire preuve d'élégance envers celui qui est dans le besoin. Quand on est face à face avec un autre être, s'il n'y a pas de courtoisie, il ne peut y avoir d'échange. J'avais un bon avocat qui me conseillait d'agir différemment. Il m'expliquait que mon refus de parler avec le juge prolongerait la détention précédant le procès, empêchant aussi la réception d'une demande de mise en liberté provisoire. Je le dispensai de la solliciter et répondis que c'était ma liberté, non pas provisoire mais définitive, de refuser tout entretien avec ce monsieur. Quand on est placé dans l'état d'infériorité de prisonnier, la politesse, les bonnes manières ne sont pas des simagrées mais carrément de la dignité, ultime ressource qui réconforte celui qui souffre. Je n'ai pas pu la troquer contre quelque remise de peine. J'avais déjà les cheveux gris, je ne piaffais pas derrière les barreaux. Il me restait d'autres libertés et elles me suffisaient.

«J'ai rencontré bien des hommes et dormi dans bien des cellules, en prison on est en perpétuel déménagement. Il est étrange qu'un lieu de claustration puisse être si agité. Là aussi, j'ai mis à profit mes connaissances d'hôte, cherchant à être le moins encombrant possible et à ne pas manquer de conversation. La différence était qu'il ne dépendait pas de moi de prendre congé, tout compte fait un soulagement face à mes scrupules d'invité.

«Je considérais mon cas, essayant de dégager ma personne de l'incident. Je pensais: celui qui viole le domicile d'autrui, capture un homme, le retient un temps indéfini, celui qui agit de la sorte doit avoir une forte conviction de culpabilité, des preuves formelles. Aussi me semblait-il déloyal qu'il dût obtenir en plus la collaboration de celui qui est mis en position d'infériorité. Je n'ai pas voulu me prêter à un usage injuste. Il fit demander par l'intermédiaire de mon avocat si je m'étais mis en tête de faire de mon refus un cas. Un cas, certes, mais pas comme il le craignait peut-être, avec des journaux et du bruit autour. Un cas d'une autre espèce, car chacun peut faire de sa propre vie un cas, souvent le pire.

« Enfin j'ai vu à quel point il était décevant d'être accusé. Peu importe que l'inculpation soit fausse, nul n'est innocent, pourvu qu'elle contienne aussi les vraies accusations, celles dont un homme a honte. Je pensais à mes fautes, avoir abandonné mon père, avoir fait pleurer une femme dévouée, à un mouvement d'impatience qui avait fait rougir en public une autre personne. Tels sont les délits, nul autre que moi n'en demande compte sur terre. En face d'eux, les accusations de ce tribunal étaient des crachats lancés dans le creux de la main pour la lubrifier. Ces délits commis par légèreté parce qu'on est jeune ne passent pas par des cours et des magistrats, ils ne passent pas, tout bonnement.

« Après deux ans de prison j'ai dû répondre de tout autre chose, de bêtises. Le jugement qui m'a lavé des accusations ne m'a pas concerné. »

Tu m'apportais des nouvelles de notre ville. Elle grouillait de musiciens, d'acteurs, d'assassins. Dans sa banlieue, derrière elle, des usines poussaient au milieu des potagers, dans les ruelles il y avait de la richesse. D'un panier inépuisable sortaient des faits inouïs. Tu parlais de bruits, moi je me souvenais d'odeurs. Je voulais savoir si on trouvait encore des *taralli** au poivre sur le bord de mer, mais j'avais honte d'évoquer de telles futilités au milieu de tout ce désordre. Je ne me résignais pas à cette nouvelle ville dont on pouvait dire tant de choses, car elle était devenue indifférente au juste comme à l'arbitraire. On ne mesurait plus ses mots comme autrefois, pour ne pas la blesser et par égard pour ce qu'on ne comprenait pas.

Même les marins américains, en débarquant, étaient gênés parce qu'ils ne trouvaient plus la grande foule qui les accueillait dans tous les ports du monde. La ville était ailleurs, elle ne talonnait plus les derniers conquérants.

Une goutte fuit du robinet de la cuisine. Elle produit une syllabe que je reconnais et qui me reporte loin dans le temps : *louk, louk, louk.* Dans les ruelles de mon enfance, sur la colline qui domine le port, les marins américains remontaient laissant leurs bateaux derrière eux. Le long des rampes dangereuses, ils croisaient des hommes chargés de marchandises, des femmes

* Biscuit salé de l'Italie du Sud en forme de couronne.

de passage, et aussi une toute jeune fille, notre domestique, me tenant par la main, moi enfant.

Elle sortait avec la permission de mes parents sous le prétexte de m'emmener en promenade. J'étais petit, maigre, pensif, la tête allongée et étroite, l'air égaré que donne la faim, mais je n'avais jamais faim. Je la suivais en silence, mon béret trop large ballottant sur mes oreilles, prêt à faire n'importe quel périple hors de la maison avec elle. J'étais ébloui par sa chevelure en torsade et une verrue sur son poignet que je touchais sans arrêt. Dans ces ruelles, chacun exposait des choses à vendre, ne fût-ce que ses yeux, si l'on n'avait rien d'autre. Comme elle, d'autres filles occupaient ces rampes aux marches disjointes, étudiant des poses voyantes, découvrant des bas nylon sur de solides mollets. De toutes parts on bredouillait l'invitation insistante, l'appel dans une langue facile et brève : *louk, louk, evelouk, have a look*, regarde.

Ils passaient, ils passaient presque tous, mais quelques-uns devaient bien s'arrêter si je me souviens d'une antichambre obscure où des après-midi s'écoulaient rapidement sur les bandes dessinées offertes et la boîte de pastilles en chocolat toutes colorées dans le tube de carton bariolé.

Nous nous hâtions en descendant le long de ces ruelles. Alors c'était elle qui évitait la foule de marins qui continuaient à monter en ordre dispersé. Elle avait le dos plus droit et moi je me traînais derrière son pas alerte qui gonflait la torsade de ses cheveux. Sur ma joue arrivait l'onde de sa chevelure défaite, elle entrait dans mes yeux que je ne voulais pas fermer parce que c'était beau de s'aveugler dans cette caresse fauve. Je touchais la verrue sur son poignet, elle me laissait faire, je perdais pied, étourdi par de soudaines béatitudes. Elle ne me demanda jamais de me taire, de ne pas parler. Nous rentrions à la maison en silence. À présent la syllabe de l'eau goutte fort, le bruit de cet *evelouk* continu et étouffé s'amplifie.

J'eus la curiosité, une fois, de connaître la réaction des sens d'un homme qui sort de prison. C'était un jour de notre dernier âge. Tu m'avais fait une surprise, arrivant sans prévenir. J'étais occupé à blanchir à la chaux le poulailler, travail du mois de mai. J'étais couvert d'éclaboussures blanches sur les mains, sur le visage. Tu me demandas de ne pas interrompre mon ouvrage et je continuais donc pendant que tu me regardais faire. Puis nous nous assîmes devant la maison dans le soleil déjà fort et cette question m'échappa. Je n'eus pas le temps de me reprendre ; toi, courtoisie incarnée, tu te lanças dans la réponse. Tu avais l'âge de nos dernières rencontres, tu avais plus de cheveux blancs que moi, ils avaient la couleur laiteuse de la chaux que j'étais en train de mélanger. Il y avait dans tes façons une légère hésitation que je n'avais jamais remarquée auparavant. C'était une prudence physique et même une fatigue. Lorsque tu parlais, tu t'arrêtais pour savoir si par hasard tu n'étais pas trop long, trop ennuyeux à écouter. Je ne m'ennuyais jamais et qui plus est j'étais intrigué par l'air nouveau de tes façons, mi-étonné, mi-reconnaissant. Tu regardais plus souvent droit dans les yeux.

« Des frissons. Ils me prenaient quand je voulais me rendre dans un lieu fermé, au cinéma par exemple ou dans un musée. Après avoir maîtrisé pendant deux ans mon désir de sortir, les premières occasions d'entrer dans des endroits fermés me donnaient la chair de poule.

« Après mon arrestation on me mit au régime d'isolement pendant plusieurs semaines. La nuit du dernier jour de l'année, j'entendis les feux d'artifice de la ville. L'allégresse d'une minute se changea en terreur. Ma cellule se remplit de fumée car dans toutes les maisons voisines brûlait un feu de flambeaux et de pétards. Le trafic frénétique de la fête explosait. Il laissait dans les pièces enfouies en dessous du niveau de la rue le reste d'une combustion, de la cendre pour les poumons d'hommes enfermés. Dans les cellules d'isolement on étouffait, un homme par niche, j'entendais tousser, jurer, taper des poings et des souliers. Ainsi répondait du fond, par des coups aveugles, la soute de la terre, enfer sec sous l'écorce de la rue. Je regardais dans le noir enfumé, je transpirais dans le froid de la nuit essayant de rester calme.

« Les hommes enfermés dans la section d'isolement avaient les sens lacérés : l'un criait, l'autre chantait, un autre tapait sa tête contre le mur cherchant à s'assommer sans y parvenir. Telle sera, pensais-je, la dernière nuit du monde avec les étoiles en flammes et les hommes étourdis de coups sous la fête déchaînée des cieux.

« Ainsi commençait l'année d'une vie nouvelle. Je l'apprendrais, usage après usage, horaires gênants, étrangers fixes. Pour apprentissage, il y avait le régime d'isolement où l'on est privé de tout.

« La cellule était très poussiéreuse, il y avait peu d'air et une odeur de sperme laissée par qui sait combien de locataires avant moi. Je n'avais rien à lire, il n'était pas permis d'écrire. Alors j'eus l'idée de graver des mots dans la poussière du sol avec mon doigt. La pièce était petite, le temps immense : je sentis la responsabilité effrayante qu'éprouvent les écrivains. Je ne pouvais en effet écrire que des mots définitifs, sans aucune possibilité de les corriger, car j'aurais effacé avec eux la pellicule de poussière.

« Je pouvais écrire des vers célèbres restés dans ma mémoire, mais dans le silence glacé des jours mon désir de laisser derrière moi la trace d'une phrase devint de plus en plus aigu. Ce n'était que de la poussière et pourtant elle m'inspirait le respect d'une matière éternelle sur laquelle resterait indélébile le trait que je gravais de l'ongle de mon index.

« Ainsi je m'agenouillai sur le sol-feuille, et là où les autres avaient versé leur semence, je mis la mienne, mots dont je ne veux pas me souvenir. Je ne les effaçai pas au moment de mon transfert dans les cellules ordinaires. Le prisonnier suivant maquillerait à nouveau le tapis de l'isolement.

« J'eus la permission de fréquenter la bibliothèque de la prison. Je lus des livres de géographie, je connaissais mal la configuration du monde. Je fus étonné d'apprendre qu'au XVIIe siècle les navigateurs parcouraient l'hémisphère sud en pensant rencontrer des terres aussi vastes que celles de l'hémisphère nord. Ils cherchaient des confirmations à une théorie qui alors postulait la symétrie des continents : à une telle étendue de terre au nord devait correspondre une aussi grande au sud. Durant un siècle entier les hommes s'usèrent à explorer les océans de l'autre hémisphère. Ils scrutèrent chaque jour le profil de l'horizon, ridé seulement par les vagues. Des vies entières se passèrent sur les quelques mètres d'un voilier tandis que dans les cabines des capitaines moisissaient les étoffes colorées destinées à flotter sur les nouveaux rivages. Le monde vers lequel ils avaient appareillé n'était pas là, leur direction était fausse dès le départ. L'erreur tient souvent au premier pas : en mer il n'y a pas de tavernes. Après de si grands risques et un temps si long, seul comptait le bois auquel ils étaient restés accoudés, c'était le Sud recherché, terre intérieure que chacun portait déjà en soi.

« Je comparais cet effarement au mien. J'étais moi aussi à l'étroit dans quelques mètres, au milieu de compagnons malchanceux. J'étais là pour quelque chose que je commençais à oublier, je m'adaptais à la vie qui ne demande pas de raisons. Pourquoi étais-je là ? Je ne le savais plus, ça ne comptait pas. Je vivais sans attente. Au tribunal, quand on ôta les menottes de mes poignets, je pensai qu'on ne m'avait rien enlevé, nul n'avait effacé ces deux années, car moi en attendant je les avais vécues sans vouloir m'en arracher, sans compter les jours. Je frottai mes poignets endoloris, je m'habituai de nouveau à dormir toute une nuit d'affilée. En prison, le sommeil maintes fois entrecoupé était lui aussi endolori. On ne m'a rien enlevé, j'en ai quelque fierté aujourd'hui que je suis vieux et que mes jours sont tous comptés.

« Les hommes que j'ai connus au cours de ces deux années étaient différents, chacun s'adaptait ou se brisait selon sa nature. Dans les privations plus que dans les libertés on peut juger de l'immense variété des êtres humains. En chacun d'eux j'ai trouvé beaucoup de bon, me rendant compte que n'importe qui, par un geste de sympathie, pouvait le susciter. C'est étrange, mais c'est ainsi : le plus souvent notre meilleur côté ne dépend pas de nous, il est confié à l'initiative d'un inconnu qui vient le réveiller par hasard. »

Je te parlais de poules qui creusaient un trou pour faire retomber la poussière sur leurs plumes et se libérer des parasites. Elles faisaient comme les canards avec l'eau, elles se nettoyaient ainsi. Quand le vent soufflait face à la mer, le soir je te montrais le vol bas des mouettes qui retournaient vers leurs abris de l'arrière-pays, passant au ras des maisons de paysans pour affronter un vent moins fort. Je te faisais écouter le bêlement des brebis qui rentraient des pâturages le soir et je te racontais comment il prenait la sonorité d'un cri si les agneaux, qui étaient avec elles la veille encore, subitement n'y étaient plus. Alors, au coucher du soleil, on entendait l'appel de la bête qui avait fait un fils et le cherchait à l'heure où elle avait l'habitude de rentrer dans l'enclos avec son petit qui s'endormait ensuite dans l'odeur de son flanc. Les premiers jours de leur absence, les brebis avaient un bêlement limpide, gelé, déchiré.

Je donnais des nouvelles champêtres en échange des épisodes de ta vie. Il me manquait alors le sens de la disproportion, l'inégalité était sans vergogne. Ce soir je souffre de ne pas m'être tu, d'avoir parfois mis ma voix dans le sillage de celles de mes amis.

La maison a vieilli au cours de ces dernières minutes. L'effort des pierres pour se maintenir a couvert l'enduit de rides, le vent s'est transformé en chant dans les pièces, descendant vers l'accord en *ré* dièse majeur. C'est la musique de la matière, elle devait y être depuis l'origine du monde. C'est un ton bas qui vibre dans mon corps et de sa force me détache de mes nerfs, défait leurs nœuds lentement, un à un.

Tu me demandas si je me souvenais encore des alphabets et quelle était la dernière lettre de l'alphabet hébraïque. C'était le *tau*, notre *t*, je la dessinai dans l'espace. « C'est aussi un mot, te dis-je, il veut dire signe, sigle. La Bible parle d'un ange exterminateur qui passe dans les rues de Jérusalem et met un *tau* sur le front de ceux qui souffrent, ainsi pourront-ils être épargnés. »

Au soleil de mai j'avais frotté à sec mes mains éclaboussées de chaux et la poudre fine s'était détachée comme du sucre glace. Tu avais ramassé sur le sol les pétales d'une rose et avec l'un d'eux, sur la poudre de chaux, tu écrivis le *tau*.

Les visites, les vies s'estompent, la maison cède, aucune histoire ne la soutient plus. La pierre sort de ses encastrements, la poutre du toit éclate. J'oscille encore dans le vacarme de l'écroulement, dernier balancement au milieu de la poussière. De l'air m'arrive en pleine face, par intervalles réguliers, comme une respiration, s'approche, ébouriffe mes cheveux, un souffle fort vient à la rencontre du mien, le domine, l'éteint. La cataracte des éclairs s'est calmée, je suis un souffle au-dessus des décombres.

DU MÊME AUTEUR

Aux Éditions Gallimard

TROIS CHEVAUX (« Folio » n° 3678).

MONTEDIDIO. Prix Femina Étranger 2002 (« Folio » n° 3913).

LE CONTRAIRE DE UN (« Folio » n° 4211).

NOYAU D'OLIVE (« Arcades » n° 77 ; « Folio » n° 4370).

ESSAIS DE RÉPONSE (« Arcades » n° 80).

LE CHANTEUR MUET DES RUES, *en collaboration avec François-Marie Banier.*

AU NOM DE LA MÈRE (« Folio » n° 4884).

COMME UNE LANGUE AU PALAIS (« Arcades » n° 86).

SUR LA TRACE DE NIVES (« Folio », n° 4809).

QUICHOTTE ET LES INVINCIBLES, *spectacle poétique et musical avec Gianmaria Testa et Gabriel Mirabassi,* Hors série DVD.

LE JOUR AVANT LE BONHEUR.

LE POIDS DU PAPILLON.

Dans la collection « Écoutez lire »

LE CONTRAIRE DE UN (1 CD)

Aux Éditions Rivages

TU, MOI (« Folio » n° 5207).

PREMIÈRE HEURE.

EN HAUT À GAUCHE.

ALZAÏA.

ACIDE, ARC-EN-CIEL (Folio n° 5302).

REZ-DE-CHAUSSÉE.

LES COUPS DES SENS.

UN NUAGE COMME TAPIS.

Aux Éditions Verdier

UNE FOIS, UN JOUR (repris sous le titre PAS ICI, PAS MAINTENANT, « Folio » n° 4716, et sous le titre PAS ICI, PAS MAINTENANT / NON ORA NON QUI, « Folio bilingue » n° 164).

COLLECTION FOLIO

Dernières parutions

5017. Graham Swift	*Le sérail*
5018. Rabindranath Tagore	*Aux bords du Gange*
5019. Émile Zola	*Pour une nuit d'amour*
5020. Pierric Bailly	*Polichinelle*
5022. Alma Brami	*Sans elle*
5023. Catherine Cusset	*Un brillant avenir*
5024. Didier Daeninckx	*Les figurants. Cités perdues*
5025. Alicia Drake	*Beautiful People. Saint Laurent, Lagerfeld : splendeurs et misères de la mode*
5026. Sylvie Germain	*Les Personnages*
5027. Denis Podalydès	*Voix off*
5028. Manuel Rivas	*L'Éclat dans l'Abîme*
5029. Salman Rushdie	*Les enfants de minuit*
5030. Salman Rushdie	*L'Enchanteresse de Florence*
5031. Bernhard Schlink	*Le week-end*
5032. Collectif	*Écrivains fin-de-siècle*
5033. Dermot Bolger	*Toute la famille sur la jetée du Paradis*
5034. Nina Bouraoui	*Appelez-moi par mon prénom*
5035. Yasmine Char	*La main de Dieu*
5036. Jean-Baptiste Del Amo	*Une éducation libertine*
5037. Benoît Duteurtre	*Les pieds dans l'eau*
5038. Paula Fox	*Parure d'emprunt*
5039. Kazuo Ishiguro	*L'inconsolé*
5040. Kazuo Ishiguro	*Les vestiges du jour*
5041. Alain Jaubert	*Une nuit à Pompéi*
5042. Marie Nimier	*Les inséparables*
5043. Atiq Rahimi	*Syngué sabour. Pierre de patience*
5044. Atiq Rahimi	*Terre et cendres*
5045. Lewis Carroll	*La chasse au Snark*
5046. Joseph Conrad	*La Ligne d'ombre*
5047. Martin Amis	*La flèche du temps*
5048. Stéphane Audeguy	*Nous autres*
5049. Roberto Bolaño	*Les détectives sauvages*
5050. Jonathan Coe	*La pluie, avant qu'elle tombe*
5051. Gérard de Cortanze	*Les vice-rois*

5052. Maylis de Kerangal	*Corniche Kennedy*
5053. J.M.G. Le Clézio	*Ritournelle de la faim*
5054. Dominique Mainard	*Pour Vous*
5055. Morten Ramsland	*Tête de chien*
5056. Jean Rouaud	*La femme promise*
5057. Philippe Le Guillou	*Stèles à de Gaulle* suivi de *Je regarde passer les chimères*
5058. Sempé-Goscinny	*Les bêtises du Petit Nicolas. Histoires inédites - 1*
5059. Érasme	*Éloge de la Folie*
5060. Anonyme	*L'œil du serpent. Contes folkloriques japonais*
5061. Federico García Lorca	*Romancero gitan*
5062. Ray Bradbury	*Le meilleur des mondes possibles* et autres nouvelles
5063. Honoré de Balzac	*La Fausse Maîtresse*
5064. Madame Roland	*Enfance*
5065. Jean-Jacques Rousseau	*« En méditant sur les dispositions de mon âme... »*
5066. Comtesse de Ségur	*Ourson*
5067. Marguerite de Valois	*Mémoires*
5068. Madame de Villeneuve	*La Belle et la Bête*
5069. Louise de Vilmorin	*Sainte-Unefois*
5070. Julian Barnes	*Rien à craindre*
5071. Rick Bass	*Winter*
5072. Alan Bennett	*La Reine des lectrices*
5073. Blaise Cendrars	*Le Brésil. Des hommes sont venus*
5074. Laurence Cossé	*Au Bon Roman*
5075. Philippe Djian	*Impardonnables*
5076. Tarquin Hall	*Salaam London*
5077. Katherine Mosby	*Sous le charme de Lillian Dawes Rauno Rämekorpi*
5078. Arto Paasilinna	*Les dix femmes de l'industriel*
5079. Charles Baudelaire	*Le Spleen de Paris*
5080. Jean Rolin	*Un chien mort après lui*
5081. Colin Thubron	*L'ombre de la route de la Soie*
5082. Stendhal	*Journal*
5083. Victor Hugo	*Les Contemplations*

5084. Paul Verlaine	*Poèmes saturniens*
5085. Pierre Assouline	*Les invités*
5086. Tahar Ben Jelloun	*Lettre à Delacroix*
5087. Olivier Bleys	*Le colonel désaccordé*
5088. John Cheever	*Le ver dans la pomme*
5089. Frédéric Ciriez	*Des néons sous la mer*
5090. Pietro Citati	*La mort du papillon. Zelda et Francis Scott Fitzgerald*
5091. Bob Dylan	*Chroniques*
5092. Philippe Labro	*Les gens*
5093. Chimamanda Ngozi Adichie	*L'autre moitié du soleil*
5094. Salman Rushdie	*Haroun et la mer des histoires*
5095. Julie Wolkenstein	*L'Excuse*
5096. Antonio Tabucchi	*Pereira prétend*
5097. Nadine Gordimer	*Beethoven avait un seizième de sang noir*
5098. Alfred Döblin	*Berlin Alexanderplatz*
5099. Jules Verne	*L'Île mystérieuse*
5100. Jean Daniel	*Les miens*
5101. Shakespeare	*Macbeth*
5102. Anne Bragance	*Passe un ange noir*
5103. Raphaël Confiant	*L'Allée des Soupirs*
5104. Abdellatif Laâbi	*Le fond de la jarre*
5105. Lucien Suel	*Mort d'un jardinier*
5106. Antoine Bello	*Les éclaireurs*
5107. Didier Daeninckx	*Histoire et faux-semblants*
5108. Marc Dugain	*En bas, les nuages*
5109. Tristan Egolf	*Kornwolf. Le Démon de Blue Ball*
5110. Mathias Énard	*Bréviaire des artificiers*
5111. Carlos Fuentes	*Le bonheur des familles*
5112. Denis Grozdanovitch	*L'art difficile de ne presque rien faire*
5113. Claude Lanzmann	*Le lièvre de Patagonie*
5114. Michèle Lesbre	*Sur le sable*
5115. Sempé	*Multiples intentions*
5116. R. Goscinny/Sempé	*Le Petit Nicolas voyage*
5117. Hunter S. Thompson	*Las Vegas parano*

5118. Hunter S. Thompson	*Rhum express*
5119. Chantal Thomas	*La vie réelle des petites filles*
5120. Hans Christian Andersen	*La Vierge des glaces*
5121. Paul Bowles	*L'éducation de Malika*
5122. Collectif	*Au pied du sapin*
5123. Vincent Delecroix	*Petit éloge de l'ironie*
5124. Philip K. Dick	*Petit déjeuner au crépuscule*
5125. Jean-Baptiste Gendarme	*Petit éloge des voisins*
5126. Bertrand Leclair	*Petit éloge de la paternité*
5127. Musset-Sand	*« Ô mon George, ma belle maîtresse... »*
5128. Grégoire Polet	*Petit éloge de la gourmandise*
5129. Paul Verlaine	*Histoires comme ça*
5130. Collectif	*Nouvelles du Moyen Âge*
5131. Emmanuel Carrère	*D'autres vies que la mienne*
5132. Raphaël Confiant	*L'Hôtel du Bon Plaisir*
5133. Éric Fottorino	*L'homme qui m'aimait tout bas*
5134. Jérôme Garcin	*Les livres ont un visage*
5135. Jean Genet	*L'ennemi déclaré*
5136. Curzio Malaparte	*Le compagnon de voyage*
5137. Mona Ozouf	*Composition française*
5138. Orhan Pamuk	*La maison du silence*
5139. J.-B. Pontalis	*Le songe de Monomotapa*
5140. Shûsaku Endô	*Silence*
5141. Alexandra Strauss	*Les démons de Jérôme Bosch*
5142. Sylvain Tesson	*Une vie à coucher dehors*
5143. Zoé Valdés	*Danse avec la vie*
5144. François Begaudeau	*Vers la douceur*
5145. Tahar Ben Jelloun	*Au pays*
5146. Dario Franceschini	*Dans les veines ce fleuve d'argent*
5147. Diego Gary	*S. ou L'espérance de vie*
5148. Régis Jauffret	*Lacrimosa*
5149. Jean-Marie Laclavetine	*Nous voilà*
5150. Richard Millet	*La confession négative*
5151. Vladimir Nabokov	*Brisure à senestre*
5152. Irène Némirovsky	*Les vierges et autres nouvelles*
5153. Michel Quint	*Les joyeuses*

5154. Antonio Tabucchi	*Le temps vieillit vite*
5155. John Cheever	*On dirait vraiment le paradis*
5156. Alain Finkielkraut	*Un cœur intelligent*
5157. Cervantès	*Don Quichotte I*
5158. Cervantès	*Don Quichotte II*
5159. Baltasar Gracian	*L'Homme de cour*
5160. Patrick Chamoiseau	*Les neuf consciences du Malfini*
5161. François Nourissier	*Eau de feu*
5162. Salman Rushdie	*Furie*
5163. Ryûnosuke Akutagawa	*La vie d'un idiot*
5164. Anonyme	*Saga d'Eiríkr le Rouge*
5165. Antoine Bello	*Go Ganymède!*
5166. Adelbert von Chamisso	*L'étrange histoire de Peter Schlemihl*
5167. Collectif	*L'art du baiser*
5168. Guy Goffette	*Les derniers planteurs de fumée*
5169. H.P. Lovecraft	*L'horreur de Dunwich*
5170. Tolstoï	*Le Diable*
5171. J.G. Ballard	*La vie et rien d'autre*
5172. Sebastian Barry	*Le testament caché*
5173. Blaise Cendrars	*Dan Yack*
5174. Philippe Delerm	*Quelque chose en lui de Bartleby*
5175. Dave Eggers	*Le grand Quoi*
5176. Jean-Louis Ezine	*Les taiseux*
5177. David Foenkinos	*La délicatesse*
5178. Yannick Haenel	*Jan Karski*
5179. Carol Ann Lee	*La rafale des tambours*
5180. Grégoire Polet	*Chucho*
5181. J.-H. Rosny Aîné	*La guerre du feu*
5182. Philippe Sollers	*Les Voyageurs du Temps*
5183. Stendhal	*Aux âmes sensibles* (À paraître)
5184. Dumas	*La main droite du sire de Giac* et autres nouvelles
5185. Wharton	*Le Miroir* suivi de *Miss Mary* Parks

5186. Antoine Audouard	*L'Arabe*
5187. Gerbrand Bakker	*Là-haut, tout est calme*
5188. David Boratav	*Murmures à Beyoğlu*
5189. Bernard Chapuis	*Le rêve entouré d'eau*
5190. Robert Cohen	*Ici et maintenant*
5191. Ananda Devi	*Le sari vert*
5192. Pierre Dubois	*Comptines assassines*
5193. Pierre Michon	*Les Onze*
5194. Orhan Pamuk	*D'autres couleurs*
5195. Noëlle Revaz	*Efina*
5196. Salman Rushdie	*La terre sous ses pieds*
5197. Anne Wiazemsky	*Mon enfant de Berlin*
5198. Martin Winckler	*Le Chœur des femmes*
5199. Marie NDiaye	*Trois femmes puissantes*
5200. Gwenaëlle Aubry	*Personne*
5201. Gwenaëlle Aubry	*L'isolée* suivi de *L'isolement*
5202. Karen Blixen	*Les fils de rois* et autres contes
5203. Alain Blottière	*Le tombeau de Tommy*
5204. Christian Bobin	*Les ruines du ciel*
5205. Roberto Bolaño	*2666*
5206. Daniel Cordier	*Alias Caracalla*
5207. Erri De Luca	*Tu, mio*
5208. Jens Christian Grøndahl	*Les mains rouges*
5209. Hédi Kaddour	*Savoir-vivre*
5210. Laurence Plazenet	*La blessure et la soif*
5211. Charles Ferdinand Ramuz	*La beauté sur la terre*
5212. Jón Kalman Stefánsson	*Entre ciel et terre*
5213. Mikhaïl Boulgakov	*Le Maître et Marguerite*
5214. Jane Austen	*Persuasion*
5215. François Beaune	*Un homme louche*
5216. Sophie Chauveau	*Diderot, le génie débraillé*
5217. Marie Darrieussecq	*Rapport de police*
5218. Michel Déon	*Lettres de château*
5219. Michel Déon	*Nouvelles complètes*
5220. Paula Fox	*Les enfants de la veuve*
5221. Franz-Olivier Giesbert	*Un très grand amour*
5222. Marie-Hélène Lafon	*L'Annonce*

5223. Philippe Le Guillou	*Le bateau Brume*
5224. Patrick Rambaud	*Comment se tuer sans en avoir l'air*
5225. Meir Shalev	*Ma Bible est une autre Bible*
5226. Meir Shalev	*Le pigeon voyageur*
5227. Antonio Tabucchi	*La tête perdue de Damasceno Monteiro*
5228. Sempé-Goscinny	*Le Petit Nicolas et ses voisins*
5229. Alphonse de Lamartine	*Raphaël*
5230. Alphonse de Lamartine	*Voyage en Orient*
5231. Théophile Gautier	*La cafetière* et autres contes fantastiques
5232. Claire Messud	*Les Chasseurs*
5233. Dave Eggers	*Du haut de la montagne, une longue descente*
5234. Gustave Flaubert	*Un parfum à sentir ou les Baladins* suivi de *Passion et vertu*
5235. Carlos Fuentes	*En bonne compagnie* suivi de *La chatte de ma mère*
5236. Ernest Hemingway	*Une drôle de traversée*
5237. Alona Kimhi	*Journal de Berlin*
5238. Lucrèce	*« L'esprit et l'âme se tiennent étroitement unis »*
5239. Kenzaburô Ôé	*Seventeen*
5240. P.G. Wodehouse	*Une partie mixte à trois* et autres nouvelles du green
5241. Melvin Burgess	*Lady*
5242. Anne Cherian	*Une bonne épouse indienne*
5244. Nicolas Fargues	*Le roman de l'été*
5245. Olivier Germain-Thomas	*La tentation des Indes*
5246. Joseph Kessel	*Hong-Kong et Macao*
5247. Albert Memmi	*La libération du Juif*
5248. Dan O'Brien	*Rites d'automne*
5249. Redmond O'Hanlon	*Atlantique Nord*
5250. Arto Paasilinna	*Sang chaud, nerfs d'acier*

5251. Pierre Péju	*La Diagonale du vide*
5252. Philip Roth	*Exit le fantôme*
5253. Hunter S. Thompson	*Hell's Angels*
5254. Raymond Queneau	*Connaissez-vous Paris ?*
5255. Antoni Casas Ros	*Enigma*
5256. Louis-Ferdinand Céline	*Lettres à la N.R.F.*
5257. Marlena de Blasi	*Mille jours à Venise*
5258. Éric Fottorino	*Je pars demain*
5259. Ernest Hemingway	*Îles à la dérive*
5260. Gilles Leroy	*Zola Jackson*
5261. Amos Oz	*La boîte noire*
5262. Pascal Quignard	*La barque silencieuse (Dernier royaume, VI)*
5263. Salman Rushdie	*Est, Ouest*
5264. Alix de Saint-André	*En avant, route !*
5265. Gilbert Sinoué	*Le dernier pharaon*
5266. Tom Wolfe	*Sam et Charlie vont en bateau*
5267. Tracy Chevalier	*Prodigieuses créatures*
5268. Yasushi Inoué	*Kôsaku*
5269. Théophile Gautier	*Histoire du Romantisme*
5270. Pierre Charras	*Le requiem de Franz*
5271. Serge Mestre	*La Lumière et l'Oubli*
5272. Emmanuelle Pagano	*L'absence d'oiseaux d'eau*
5273. Lucien Suel	*La patience de Mauricette*
5274. Jean-Noël Pancrazi	*Montecristi*
5275. Mohammed Aïssaoui	*L'affaire de l'esclave Furcy*
5276. Thomas Bernhard	*Mes prix littéraires*
5277. Arnaud Cathrine	*Le journal intime de Benjamin Lorca*
5278. Herman Melville	*Mardi*
5279. Catherine Cusset	*New York, journal d'un cycle*
5280. Didier Daeninckx	*Galadio*
5281. Valentine Goby	*Des corps en silence*
5282. Sempé-Goscinny	*La rentrée du Petit Nicolas*
5283. Jens Christian Grøndahl	*Silence en octobre*
5284. Alain Jaubert	*D'Alice à Frankenstein (Lumière de l'image, 2)*
5285. Jean Molla	*Sobibor*
5286. Irène Némirovsky	*Le malentendu*

Composition IGS
Impression Maury-Imprimeur
45330 Malesherbes
le 3 octobre 2011.
Dépôt légal : octobre 2011.
Numéro d'imprimeur : 167552.

ISBN 978-2-07-044172-3. / Imprimé en France.

OFF 10/11

179814